Police des Mœurs

DÉJÀ PARUS

DANS LA MÊME COLLECTION

N° 1. Jeux de dames à Copenhague
N° 2. Ces dames au casse-pipe
N° 3. La Chasse aux femmes
N° 4. Les Madones de Barcelone
N° 5. Les Nymphes de Saint-Germain
N° 6. La Demoiselle d'Orléans
N° 7. Les Filles de Barbe-Bleue
N° 8. Les Sirènes de l'Opéra
N° 9. Les Femmes du Gourou
N° 10. Les Esclaves du Dragon
N° 11. Le Jardin des délices
N° 12. La Foire aux filles
N° 13. Les Diablesses de Soho
N° 14. L'Étrangleur de ces dames
N° 15. Les Anges du commissaire
N° 16. Les Biches de Pattaya
N° 17. Les Amazones du bois de Boulogne
N° 18. La Vénus de Venise
N° 19. Les Loups du Rhin
N° 20. La Tigresse de Malte
N° 21. Les Dames de compagnie
N° 22. Le Vampire des Antilles
N° 23. La Papesse de Zurich
N° 24. La Diabolique de Bruges
N° 25. La Tueuse de Hong Kong
N° 26. Les Femmes fatales
N° 27. Demoiselles à la clé
N° 28. La Call-girl des Halles
N° 29. Les Filles de l'organisation
N° 30. Les Débauchées de Hollywood
N° 31. Des innocentes pour un massacre
N° 32. La Perverse de Vienne
N° 33. Les Scandaleuses de Singapour
N° 34. Les Innocentes aux mains pleines
N° 35. Les Pécheresses des Saintes
N° 36. Les Jeunes Perverses
N° 37. Le Salon des dames perdues
N° 38. Les Pouliches d'Arabie
N° 39. L'Experte volage
N° 40. L'Allumeuse des Jackpots
N° 41. Les Filles indignes
N° 42. La Dame à la came

PIERRE LUCAS

JEUNES PROIES POUR LOUP-GAROU

PRESSES DE LA CITÉ
PARIS

© ISBN : 2 - 258 - 01356 - 9

CHAPITRE I

Avec son long postiche de nattes dorées, son corps frêle, son mince visage triangulaire, ses seins pointus sous le tee-shirt, sa jupette et ses socquettes blanches, Prisca avait un look d'écolière poussée trop vite.

Lorsqu'elle se baissa pour ramasser la pile de livres qu'elle venait de laisser tomber sur la moquette, elle le fit gauchement, comme un poulain malhabile, sans plier les jambes, ce qui eut pour effet de remonter si haut sa jupe que celle-ci dévoila, tel un fil tendu entre des fesses pommées, l'étroit triangle de son slip.

Assis sur le canapé disposé devant le rayonnage-bibliothèque, Kervin leva les yeux au-dessus du magazine qu'il était en train de feuilleter et siffla entre ses dents face au coquin spectacle.

– Mais tu as un beau cul, tu sais!

Sans se redresser, Prisca tourna la tête et le regarda. Elle avait de grands yeux verts, un peu écartés, et une bouche boudeuse, entrouverte sur des dents carnassières. Elle protesta mollement, d'une voix acidulée, fortement teintée d'accent américain.

– *Shit!...* Il ne faut pas dire ça...

Kervin eut un petit rire et la lumière joua sur les

méplats de son beau visage. Il posa sa revue, se leva nonchalamment, s'approcha de la jeune fille et, sans un mot, dénoua le cordon du string qu'il fit voltiger avant de le lancer au loin, puis relevant complètement la jupette, saisit Prisca aux hanches et fermement, la força à se mettre à quatre pattes, à même le tapis.

La jeune fille ne sembla guère offrir de résistance. Au contraire, elle s'installa au mieux, le dos creusé, la croupe haute et les jambes suffisamment écartées pour permettre la vision de son sexe luisant, aux lèvres disjointes, niché entre deux fossettes, au creux d'une mousse aux reflets d'ambre.

D'instinct et d'expérience, Prisca connaissait l'impact érotique de ces replis de chair tendre, couleur de miel. Elle était fière de ce sexe dont Kervin vantait la pureté et la rectitude de ligne qu'aucun excès n'avait éprouvée.

– Aucun sexe de femme n'est semblable à un autre, disait-il. Certains sont agressifs comme des plantes carnivores, d'autres rebelles, d'autres pareils à des fleurs, profonds comme la digitale, mystérieux et morbides comme l'orchidée. Le tien est un écrin de velours entrouvert sur une perle...

Elle murmura, pâmée :

– Regarde-moi ! Regarde-moi !

Comme toujours lorsqu'elle se trouvait dans cette position, elle se sentait terriblement excitée et trempée, glacée et brûlante, les nerfs à fleur de peau et déjà prête à jouir, ce qui faisait rire Estelle, son amie, sa complice...

Elle lui disait :

– Tu es parfaite, chérie ! Amorale, exhibitionniste et complètement nympho !

Alors Prisca répondait, avec son drôle d'accent :

– *No*... Je suis seulement une petite salope incomprise...

Attentif, Kervin s'était penché, écartant plus encore, à deux mains, le joli derrière, puis du bout des doigts parcourait lentement le sillon des fesses, s'attardant un instant à contourner nonchalamment la rosette brune aux plis serrés, y enfonçant même l'extrémité de l'index avant de poursuivre son parcours sur le « no man's land » de peau fragile précédant l'ouverture du sexe, puis disjoignant les lèvres sur la fente mousseuse jusquà dénicher la crête glissante du clitoris dardé.

Prisca laissa échapper un soupir impatient et cria presque :

– Oui, comme ça!... Caresse-moi!... *Slowly... Slowly!...*

Dans le viseur de la caméra-vidéo, où l'image noir et blanc défilait comme sur un écran télé minuscule, les doigts de Kervin commencèrent leur ballet voltigeant, mais Philippe, qui filmait la scène, stoppa brusquement le moteur.

– Non, dit-il d'une voix précise. Baise-la tout de suite, Kervin! Je veux garder le max de bande pour les plans avec Estelle... Tu comprends... Elle arrive dans l'appart' à l'improviste et te trouve en train de sauter la baby-sitter. Elle est outrée, mais pourtant sensible au spectacle, à la stimulation sexuelle... Partagée entre deux sentiments... La jalousie et l'excitation... Le désir de vous séparer et l'envie de se joindre à vous... Tu as saisi, Estelle?

La jeune femme brune, accroupie sur le tapis près du trépied de la caméra, la jupe de son tailleur feuille morte remontée sur ses bas noirs et les genoux serrés dans ses bras, leva la tête et fixa son mari avec un regard innocent et languide.

– Bien sûr, chéri, dit-elle. Je suis furieuse mais je mouille comme une folle...

Kervin, sans cesser de caresser Prisca, éclata de rire.

– Tu mouilles toujours comme une folle, chérie...

Estelle haussa imperceptiblement les épaules, se redressa, tira sur sa jupe et s'approcha du couple.

Ils étaient quatre dans le living aux proportions modestes où les sièges avaient été repoussés contre les murs pour faire place à la caméra-vidéo et aux projecteurs dont la chaleur rendait l'atmosphère étouffante : Kervin, Prisca, californienne fausse étudiante mais vraie michetonneuse et mannequin-corps, à ses heures, dans un cabaret très spécial. Philippe, technicien de son état, et Estelle, son épouse depuis presque deux ans.

Ils s'étaient rencontrés l'été qui venait de se terminer, en Corse, dans un club de vacances bon marché où les avaient réunis à la fois leur âge – Kervin, le plus âgé, avait tout juste vingt-cinq ans – et leur impécuniosité que Kervin, pour sa part, attribuait à un voyage en Californie, lequel, selon ses dires, l'avait laissé « fauché comme le Pré Catelan ».

De cette Californie, peut-être mythique d'ailleurs, Kervin avait ramené une recette de gâteau à la ganja, des descriptions idylliques, des théories idéales de liberté sexuelle et des souvenirs de *love parties* dont il n'hésitait pas à détailler les péripéties échevelées. Son charme, sa décontraction, sa faconde délibérément effrontée avaient subjugué ses nouveaux amis si bien que la semaine n'était pas écoulée qu'ils faisaient l'amour ensemble, tous les quatre, sans le moindre complexe.

La chose s'était produite d'une façon toute naturelle et, comme le disait Prisca avec sa simplicité et son impudeur native : « Connement... Après ce que nous avait raconté Kervin, on ne pensait plus qu'à ça... »

Leur première expérience s'était passée la nuit, dans une crique déserte où ils se baignaient nus – sauf Estelle qui avait gardé son slip – dans une eau presque tiède et phosphorescente sous la lune.

Estelle, qui s'imaginait romantique, ne savait pas exactement ce que les autres avaient pensé à ce moment-là, mais elle-même n'avait jamais pu oublier la scène.

Elle nageait assez mal et restait près du bord, Prisca et Philippe se poursuivaient près des rochers en s'éclaboussant comme des gosses, Kervin flottait sur le dos, immobile, à quelques mètres d'elle, balancé par les vaguelettes. Et elle s'était soudain rendu compte qu'il avait une indubitable érection!

Cela l'avait moins choquée que surprise, car elle imaginait mal que l'on puisse, dans l'eau, avoir ce genre de réaction, et elle avait considéré le phénomène avec une certaine curiosité, presque avec admiration et sans pleinement en avoir conscience, avec une émotion réelle parce que, depuis son enfance, cette partie de l'homme qui semblait douée d'une vie indépendante l'avait toujours troublée.

Puis elle avait été frappée par les proportions de l'organe. N'ayant eu que peu d'expériences avant son mariage, elle réalisait mal que les hommes puissent être à ce point différents. Philippe, bien sûr, était tout à fait normal, mais ce qu'exhibait Kervin lui semblait, dans la douteuse clarté, tout à fait exceptionnel.

Elle s'était mordu les lèvres, prise d'une irrésistible envie de toucher ce sexe si glorieusement dressé mais ce n'était naturellement pas une initiative qu'une jeune femme pouvait prendre.

Kervin la regardait, un léger sourire aux lèvres.

Elle avait eu un rire nerveux et lancé sur un ton de plaisanterie forcée :

– Eh bien dis donc! Tu es plutôt en forme!

Kervin avait ri et s'était laissé couler de telle façon que seuls son visage et sa verge dépassaient du friselis du ressac qui, doucement, venait mourir sur la grève. Puis il avait pris pied, s'était approché d'elle et, sans un mot, avait dénoué les cordons de son string, plaquant sa main entre ses jambes.

Le geste avait laissé Estelle sans réaction, mais elle avait, par réflexe peut-être, murmuré :

– Tu es fou! Laisse-moi... Philippe va nous voir!

De nouveau Kervin avait ri, comme il savait rire.

– Philippe! Je ne crois pas qu'il se pose beaucoup de questions! Regarde!

Elle avait regardé... Sur un carré de sable blanc, entre deux rochers, Philippe et l'Américaine, membres emmêlés, faisaient l'amour aussi tranquillement que s'ils avaient été seuls et elle percevait, dominant le clapotis de l'eau, des gémissements et des soupirs.

Estelle en était restée les yeux écarquillés, lèvres ouvertes, étrangement humiliée et songeant : « Mais c'est mon mari... Mon mari!... »

Kervin l'observait curieusement.

– On aurait tort de se gêner, non?

Elle avait eu peur de paraître ridicule et l'avait laissé plaquer sa verge contre son ventre.

Ensuite, il l'avait embrassée et elle n'avait plus vu le ciel, puis, passant ses mains sous ses fesses, il l'avait soulevée, serrée contre lui et était entré en elle d'un seul coup, avec une telle facilité qu'elle en était restée stupéfaite. Après... Eh bien après, plus rien n'avait compté que la sensation de tous ses muscles refermés, contractés autour de cette énorme force vivante plantée au fond de son ventre.

Etait-ce l'eau salée qui avait resserré ses muqueuses? Toujours est-il qu'il lui semblait n'avoir jamais été davantage envahie... Que Philippe ne l'avait jamais autant comblée.

Elle eut une brève pensée pour lui, une pensée tendre, mais Kervin avait commencé à tanguer comme pour suivre le rythme lent de la houle et elle croyait à chaque fois qu'il s'enfonçait davantage si bien qu'elle avait dû se mordre les lèvres pour ne pas gémir.

Une vague un peu plus forte avait fait chavirer leurs corps, les éclaboussant d'un embrun sale, et, dans un réflexe de noyée, elle avait noué ses bras autour du cou de Kervin, croisé les jambes derrière la taille de Kervin, mordant l'épaule de Kervin, geignant, malgré elle, chaque fois que son ventre s'ouvrait sous la poussée de Kervin, se laissant porter par l'eau, cabrée par le galop furieux déchaîné en elle et livrée aux démons d'une sensualité autre, qu'elle n'avait jamais imaginé connaître...

Elle avait pensé : « Philippe baise avec Prisca... Je baise avec Kervin » et cette simple constatation avait déclenché son premier orgasme, si brutal qu'elle s'était cru transpercée par la foudre... Très vite, elle en avait eu un second, parce que Kervin continuait à la faire monter et descendre le long de sa poitrine, l'empalant chaque fois plus durement tandis que la mer glissait entre leurs deux corps comme une caresse supplémentaire et subtile. Et un troisième encore avant même qu'il ne s'arrachât d'elle pour jouir dans l'eau tiède, riant de voir s'effilocher, dans le remous léger, les flots laiteux de sa semence.

Plus tard, ils s'étaient retrouvés tous les quatre

sur la plage et Prisca avait serré Estelle dans ses bras, cherchant sa bouche et lui chuchotant à l'oreille, avec un délicieux accent anglais :

– Hmm. Ton mari est un baiseur terrible. Tu en as de la chance. Et toi? Tu as bien joui?

Enlacés, ils étaient remontés vers le camp silencieux et dans la case du couple, devant les deux garçons, Estelle et Prisca avaient fait l'amour ensemble...

Rentrés à Paris, ils s'étaient de nouveau rencontrés et se voyaient depuis, régulièrement, presque toutes les fins de semaine, dans le F3 de Philippe, à Boulogne.

C'était là qu'avec un matériel vidéo tout neuf, amené un jour par Kervin – sans d'ailleurs qu'il en précisât la provenance – ils avaient, par jeu et pour y ajouter un piment supplémentaire, commencé à filmer leurs ébats...

Agenouillée sur des coussins et la tête au creux de ses bras, Prisca, face à la caméra, se prêtait avec fougue aux assauts de Kervin qui, une main sous elle, glissait, chaque fois qu'il la pénétrait, deux doigts sur son clitoris.

Collée contre lui, elle gémissait, râlait, ou l'encourageait, avec des phrases brèves et des mots orduriers.

– *Fuck me! Fuck me crazy with your fucking dick!*

Estelle, pour couvrir un peu sa voix, augmenta légèrement le volume du son ambiance – la bande originale du Casanova de Fellini – car Kervin exigeait le son direct mais se méfiait, tout en s'en délectant, des extravagances verbales de Prisca qui, peu conformiste à l'ordinaire, devenait délirante pendant l'amour...

Pour Kervin, les « pros » en remettaient toujours

au niveau de la bande-son... Mots crus, soupirs, cris animaux, gênants sinon insupportables ou ridicules. Lui préférait la discrétion d'un gémissement saccadé en contrepoint de la musique, aux précisions scatologiques... Et il n'avait sans doute pas tort. Kervin se trompait rarement.

Avec une violence retenue qui ménageait ses forces, il continuait de posséder sa compagne qui, à chaque coup de reins, sursautait comme sous la morsure d'un fouet, étouffant ses cris dans son bras replié.

Estelle se retenait d'intervenir encore et pourtant elle avait horreur de ces secondes d'attente. La vision du long sexe luisant apparaissant par instants lui mettait le rouge aux joues et l'incendie au ventre.

Elle avait envie de prendre cette verge entre ses doigts et de la guider elle-même dans la chair féminine... de s'approcher si près qu'elle puisse observer les contractions infimes du sexe forcé... entendre le bruit mouillé, glissant des muqueuses... respirer l'enivrante odeur de sueur et d'amour... sentir la bouche de Prisca s'ancrer à la fourche de ses cuisses et subir ensuite la loi du mâle.

Plus attentif aux images défilant sur l'écran du viseur qu'à la réalité des corps, Philippe mettait consciencieusement la scène « dans la boîte ».

Au début, il avait, en bon technicien, voulu faire des effets de caméra, changer de cadrage, d'éclairage... Kervin l'en avait dissuadé.

– Inutile, vieux! Nous ne nous plaçons pas sur ce plan-là. Ce que je veux offrir, c'est l'image de quatre amis, parfaitement déconnectés, qui vivent sans entrave leur vie sexuelle, chez eux, dans leur appart', comme s'ils étaient seuls. Et nous sommes seuls. Et nous faisons réellement l'amour, sans frime, sans feinte. Ton objectif, c'est juste le guignard du voyeur.

Alors Philippe filmait fixe, le plus bêtement du monde, avec quelques coups de zoom, de temps en temps, afin de préciser un gros plan, pas fatalement celui d'un sexe mais aussi une attitude, une crispation de main sur un drap, un regard perdu, un visage chaviré... Kervin tenait beaucoup à l'expression des physionomies.

– Vous comprenez, mes enfants, le véritable amateur, celui qui ne se contente plus des cassettes X louées pour le week-end, poursuit un certain nombre de fantasmes bien précis, dont le principal est le spectacle du plaisir féminin, dans sa plus élémentaire réalité. Malraux a écrit quelque part que la volupté détruit un masque et dévoile, un instant, le plus secret des femmes.... Cette rare vision d'art n'est pas comprise dans les simulacres offerts par le petit commerce! Le créneau est là! Je l'occupe!

Naturellement, c'était lui qui, très vite, avait suggéré au trio de rentabiliser ce qu'il n'avait, jusqu'à présent, considéré que comme une amusante distraction, un peu plus corsée que d'autres.

– En ce moment, leur avait-il déclaré, on a tous besoin de fric, et je connais justement un type qui serait acheteur de cassettes style « vie privée » comme sont les nôtres... Pour des amateurs choisis... On a le matériel; Philippe, à la SFP, se procure des cassettes vierges comme il veut, il sait se servir d'une HVC 3000... Estelle et Prisca ne sont pas spécialement vilaines à regarder et plutôt portées sur la chose... Je me demande si on ne pourrait pas tenter le coup... Vous en pensez quoi? C'est facile, pas cher et ça peut rapporter gros!

Prisca avait aussitôt battu des mains, tout excitée à l'idée de « se faire des ronds juste en s'en faisant mettre plein son cul ». Estelle, au contraire, s'était récriée :

– Mais on va voir nos têtes! Nous reconnaître...

Son mari, qui gardait toujours les pieds sur terre, l'avait fait taire.

– Dis donc pas de conneries! T'es pas une vedette! Qui est-ce qui la connaît, ta tête, à part tes copines de bureau? On t'a dit que c'était pour des amateurs, pas pour passer dans les salles! On pourrait se faire combien, Kervin, d'après toi, avec ton truc?

Très homme d'affaires qui a longuement étudié son dossier, Kervin avait expliqué que le marché étant assez étroit, une cassette originale, au départ, leur serait réglée deux mille francs, mais qu'il avait envisagé de faire dupliquer les meilleures bandes – un gars, dans un labo, leur ferait ça en perruque, du moins au début – pour une clientèle étrangère, africaine ou arabe, et qu'ils toucheraient alors des royalties. D'après ses évaluations et selon la production, cela pourrait se monter à plusieurs dizaines de milliers de francs.

– Tu vois, avait dit Philippe à sa femme, je pourrais changer ma voiture et t'acheter un lave-vaisselle... On commence quand?

Estelle n'avait pas répliqué, moins convaincue par les arguments ménagers que par la crainte – qu'elle éprouvait toujours – de passer pour une idiote aux yeux ironiques de Kervin... Kervin qui, pour elle, représentait tout à la fois le péché, le plaisir, l'aventure et le mystère...

En fait, bien qu'il subjuguât tellement ses nouveaux amis qu'ils n'osaient même pas parler entre eux de ses étrangetés, Kervin restait toujours pour eux un presque inconnu.

A une époque où il était de bon ton de paraître

négligé, lui était toujours soigné, d'une élégance légèrement désuète, affectant un langage châtié qui lui faisait dire « cinématographe » et « métropolitain »...

Il disait aussi partager, dans le Xe arrondissement, l'appartement « d'une vieille parente un peu toquée » dont il ménageait l'originalité « à cause de l'héritage » et où il n'invitait jamais personne « pour ne pas déranger les chats ».

Ses cartes de visite, qu'il laissait traîner partout, le donnaient comme « Jean B. Kervin » – bien qu'il affirmât que Kervin fût son prénom – « Concepteur-créatif – Atelier 90 – Avenue du Rocher, Monte-Carlo », mais Estelle avait un jour découvert dans une veste qu'il lui avait laissée pour la nettoyer, une série de bristols quelque peu différents : « Docteur J. Berceney – ex-interne des Hôpitaux de Paris »... « Baron Jean Kervin de Berceney – Château de Berceney »... « John Kervin – Bancroft University »... Elle n'avait pas pu s'empêcher de le questionner sur ce sujet et il lui avait répondu sur un ton d'une sécheresse inhabituelle bien propre à décourager la curiosité :

– C'est pour mes affaires...

Estelle, qui l'admirait plus qu'elle ne voulait se l'avouer, s'était gardée d'insister comme de relater l'incident à Philippe. Etait-ce pour la remercier de sa discrétion que Kervin, quelques jours plus tard, lui avait offert une jolie paire de boucles d'oreilles fantaisie ?

Kervin, d'ailleurs, se montrait parfaitement correct. A la fin du premier mois de leur « activité », le quatuor avait produit cinq cassettes « à faire bander un ange », ainsi que le disait Prisca, et Kervin avait, dès le lendemain de la livraison, réglé à ses amis la part qui leur revenait, déclarant que son client était très satisfait et qu'il en redemandait. Alors ils s'étaient remis « au travail »...

Devant l'objectif, la séquence se déroulait selon le schéma initialement prévu. Après avoir feint d'hésiter quelques secondes devant le spectacle qui s'offrait à sa vue, Estelle avait rejoint le couple et, relevant très haut sa jupe étroite, s'était tout naturellement agenouillée sur le tapis, une main posée au creux des reins de Prisca, observant la façon dont l'organe de Kervin pénétrait le sexe luisant de la jeune fille.

Elle était restée quelques secondes ainsi, les yeux agrandis et les lèvres entrouvertes, puis elle avait saisi à deux doigts le membre rigide et l'avait guidé plus haut, au creux des fesses de son amie.

Devant cette initiative que le « scénario » n'exigeait pas, Prisca eut un mouvement de recul, feint peut-être mais convaincant, comme pour tenter d'échapper à l'intrusion qui se préparait. Trop énervée pour la laisser se rebeller longtemps, Estelle pesa plus fort sur ses reins et, écartant les fossettes du joli derrière tendu, fit tout son possible pour faciliter la pénétration du garçon. Prisca gémit.

– *Oh no! You're gonna tear me!...*

Kervin eut un petit rire, comme s'il se fût attendu à cette protestation, à la fois naïve, perverse et dérisoire, qui ne pouvait avoir d'autre but ni d'autre résultat que d'encourager sa lubricité. Il retint la jeune fille par les hanches, appuyant son sexe contre le sphincter encore clos et Estelle, les lèvres tremblantes, se pencha davantage pour mieux observer la lente progression du gland qui, peu à peu, s'enfonçait entre les plis rose sombre.

Lorsque l'orifice céda tout à fait, Prisca poussa un cri étouffé, une sorte de feulement rauque, mais se cambra afin d'aider son agresseur à mieux s'enfoncer en elle.

– *Come in me!* souffla-t-elle. *Come in me! You fucking bastard!*

Kervin la sodomisa ainsi quelques instants tandis qu'elle haletait et gémissait, la tête rejetée en arrière, les yeux clos, la bouche ouverte et s'abandonnant totalement, si dilatée que son amant la pénétrait à présent sans effort.

Estelle n'en pouvait plus. Sans un mot, mais avec le visage crispé et des gestes rendus malhabiles par l'impatience, elle fit descendre le zip de sa jupe, se tortilla pour la faire glisser sur ses hanches et s'en débarrassa d'un coup de pied qui, en même temps, fit voler son escarpin à travers la pièce. Puis, uniquement vêtue de son chemisier, de ses bas et de son porte-jarretelles, elle s'abattit sur la moquette, collant ses lèvres sur celles de Prisca, se frottant contre son corps et lui pétrissant les seins avec fougue.

Kervin détourna les yeux et la regarda en souriant.

– Caresse-toi, ma chérie, dit-il.

Comme si elle n'avait attendu que cette injonction pour lui obéir, Estelle, sans hésitation, dirigea sa main entre ses cuisses ouvertes, frôlant sa toison frisée et contourna le renflement de son pubis pour glisser ses doigts jusque sous ses fesses, puis les remonta, ouvrant l'entaille rose de sa chair trempée. Lorsqu'elle atteignit son clitoris, érigé comme un sexe minuscule, elle eut un frisson bref, un soupir et, les yeux clos, commença à se masturber furieusement, face à la caméra.

Impavide derrière son viseur, Philippe filmait toujours...

⁂

Bien installé, jambes croisées et gobelet de vieux scotch à la main, dans un fauteuil de cuir anglais patiné par les ans, le commissaire principal Pierre Griffon regardait d'un œil vague les images défilant sur l'écran d'un poste de télévision dont le « design » jurait un peu dans le salon sombre et austère.

– Bon, ma petite fille, dit-il en faisant tourner un fond d'alcool dans son verre, bon, ce n'est pas tout ça, mais il va falloir que je songe à regagner mon pigeonnier, moi...

L'inspecteur Sophie Leclerc, pelotonnée sur une bergère, presque en face de lui, eut un sourire d'une tendre ironie.

– Déjà las des délices de Capoue, Pierre ? Mais je m'avance peut-être. A propos de pigeonnier, avez-vous apprécié mes pigeonneaux aux morilles ?

Pierre Griffon grommela on ne savait trop quoi d'inaudible. Car c'était son petit jardin secret de vieil ours, ces déjeuners auxquels Sophie Leclerc le conviait de temps à autre, le samedi, dans son grand appartement désuet du quartier des Invalides, se permettant, seule à seul, de l'appeler « Pierre ».

– Allons, dit-elle en saisissant la carafe dont le collier d'argent cliqueta contre le cristal, le dernier pour la route !

Pierre Griffon haussa ses massives épaules et tendit son gobelet.

Bourru, grognon, entêté, efficace et « flic » comme on ne l'était plus de nos jours, le commissaire s'était vu confier, à l'âge où d'autres prenaient déjà leur retraite, un service en marge de la hiérarchie, créé pour les besoins de la cause et spécialement destiné à s'occuper, dans la discrétion, des besognes louches que seul un homme tel que lui pouvait régler sans trop se salir les mains.

Il s'était alors entouré d'une équipe des plus réduites. Alex Gribovitch, un petit juif d'Europe centrale au physique ingrat mais à l'intelligence lumineuse et à la mémoire hors de pair, puis Lionel Savary, son « voltigeur » qui, sous les dehors d'un gamin monté en graine, cachait un courage frisant parfois l'inconscience.

C'était alors que l'administration lui avait imposé l'inspecteur Sophie Leclerc, issue de la Brigade des mineurs. Jeune, jolie, élégante, fille de hobereaux, récemment divorcée, féminine jusqu'au bout des ongles mais dotée d'un caractère affirmé, ses premiers contacts avec le commissaire, peu enclin à accepter une femme dans son nouveau service, n'avaient pas été des plus simples. Pourtant, malgré les coups de gueule et les presque brimades, l'habitude, le fil des jours, l'application aux tâches subalternes où on l'avait d'abord reléguée, puis les dangers courus ensemble avaient eu raison des préventions premières de Pierre Griffon. A présent, une complicité profonde, une affection vraie, qu'ils dissimulaient jalousement aux autres, les liaient plus qu'ils n'auraient su le dire.

Pierre Griffon, à petits coups gourmands, termina son verre.

– Cette fois, ma petite fille, je me sauve, dit-il. On se reverra lundi, au bureau...

Il soupira, enchaîna, un brin d'agacement dans la voix :

– J'aimerais d'ailleurs qu'on s'excite un peu sur cette histoire du « violeur des gares ». J'ai le divisionnaire sur le dos, moi!

Sophie se mordit les lèvres. Avec ce diable d'homme, les moments de détente ne duraient jamais très longtemps. Aussi ce fut d'un tout autre ton qu'elle lui répondit :

– Lionel et Gribo s'en occupent, Patron... Mais ce genre d'enquête n'est jamais facile.

– Je sais...

... Les faits duraient depuis des semaines et, vu l'époque, pouvaient presque passer pour banals : un inconnu, dans les vingt-cinq, trente ans maximum, sans caractéristiques spéciales sinon qu'il portait parfois, sous sa veste, un pull à col roulé blanc, abordait, à la nuit tombée, dans les alentours des gares, de très jeunes filles seules, les menaçait d'une arme – peut-être un simple pistolet d'alarme – les entraînait dans un endroit désert – cave d'immeuble ou chantier – les obligeait à des fellations, abusait d'elles et disparaissait.

On attribuait au maniaque huit ou dix viols mais sans doute en avait-il commis davantage, car certaines victimes de ce genre d'attaques sexuelles ne se font jamais connaître. Et jusqu'à ce jour, le « petit commando » du commissaire Griffon qui avait finalement « hérité » de l'affaire, n'avait pas réussi à faire progresser l'enquête, d'où rappels à l'ordre de la hiérarchie et coups de gueule du divisionnaire Charpin.

Pierre Griffon redressa brusquement la tête et, dans son regard gris, passa un nuage d'orage.

– Oui, ma petite fille, dit-il. Ce truc-là m'embête et pas uniquement parce que le papa Charpin a ses nerfs! Au train où vont les choses, un de ces jours, on va se retrouver avec un cadavre sur le dos, ça ne fait pas un pli! Sa dernière proie, le salopard, il lui a presque arraché le mamelon d'un sein. A coups de dents! Pour l'instant, on a gardé le détail sous cloche, mais si cela se reproduit, tu vas voir les titres des journaux : « Le loup-garou a encore frappé »... Juste ce qu'il faut pour susciter des vocations! Et nous faire cavaler tous azimuts!

Sophie le regardait sans rien dire. Elle le connaissait trop pour ne pas savoir qu'il était en train de « se monter » tout seul, comme si la drogue lui était indispensable pour se lancer dans l'action. Mais ce n'était qu'un jeu et elle le savait aussi accrocheur pour « monter des coups » contre la grande truandaille que pour traquer la « petite délinquance » journalière, toute prête à déboucher sur le crime.

Pierre Griffon posa son verre, un peu plus brusquement qu'il n'aurait dû.

– Lionel et Gribo, grommela-t-il, je vais leur secouer un peu les puces... Je ne tiens pas à passer pour un gugusse, moi!

Sophie se força pour ne pas rire. En dépit, ou à cause, de son affection pour le commissaire, elle ne résistait pas toujours au plaisir de l'asticoter un peu, quitte à provoquer une de ces colères demi-feintes dans lesquelles il excellait.

– Il fut un temps, Patron, où vous n'y croyiez pas trop, aux viols... D'après vous, les filles étaient toujours plus ou moins consentantes...

Une seconde, l'œil gris se voila, mais Pierre Griffon ne se laissa pas prendre.

– Tu ne me feras pas grimper aux branches ce soir, ma petite fille, dit-il avec un sourire bonhomme. Merci pour les pigeonneaux et pour tout.

Elle lui tendit son imperméable et l'accompagna à la porte, restant sur le seuil jusqu'à ce que sa silhouette massive ait disparu au tournant de l'escalier.

CHAPITRE II

Lorsque Kervin gara, derrière le vieil Alhambra, son Autobianchi un peu cabossée mais ornée de trois paires de phares et d'une antenne fouet, il était déjà huit heures du soir.

Sur les trottoirs du faubourg du Temple, les magasins, tenus par des Maghrébins ou des juifs pieds-noirs, étaient encore ouverts et le halo des lampes vibrait sur les entassements de légumes fripés, de vêtements en vrac ou de vaisselle de plastique. Entre les étals et les voitures mal garées, les passants blêmes ou basanés s'écoulaient comme des rats dans un égout.

Kervin huma avec un dégoût voluptueux l'odeur chaude de gazole, de kif, de graisse et de merguez. Il était né à quelques centaines de mètres de là, dans une rue grise, près de la gare de l'Est et, malgré son élégance affectée, les situations brillantes qu'il s'inventait et les titres usurpés dont il se parait, il ne se retrouvait vraiment lui-même que dans cette jungle de rues désertes ou grouillantes coincées entre le Boulevard, le canal et Saint-Louis.

Tout à l'heure, dans le living mesquin de Billancourt, où les fils emmêlés des projecteurs se tordaient sur la moquette rapée, la séance de tournage s'était déroulée, comme il était d'usage pour ce genre de cassette, dans une apothéose pornographique du meilleur, ou du pire, aloi.

... Estelle, nue hormis ses bas sombres et son porte-jarretelles, la tête soulevée par un coussin, une jambe à l'équerre et l'autre tendue à la verticale, s'était fait prendre par un Kervin aux joues creuses mais apparemment infatigable... A cheval au-dessus de son visage, Prisca, nue également et les nattes de son postiche défaites, ouvrait à deux doigts le sexe de son amie...

Sitôt la cassette terminée et la pyramide défaite, Philippe, les oreilles rouges et excité comme un loup, avait abandonné sa caméra et s'était empressé de profiter des corps en sueur des deux jeunes femmes encore enlacées.

– La prochaine fois, avait-il lancé à Kervin qui, allongé sur le tapis, récupérait, un sourire détaché aux lèvres, la prochaine fois, c'est ton tour. C'est toi qui filmes.

... Ils tournaient une cassette à tour de rôle bien que Kervin trouvât Philippe moins bon comédien que lui et que Philippe trouvât Kervin moins bon opérateur...

Sitôt le garçon assouvi, Prisca s'était rhabillée rapidement.

– Philippe, avait-elle demandé, tu me prêtes une de nos cassettes, pour ce soir? J'aime bien me voir baiser...

L'intéressé s'était fait tirer l'oreille.

– Fais gaffe... Ça représente du fric.

– T'inquiète pas, je ne vais pas l'user... Kervin! Tu me raccompagnes?

Il avait acquiescé.

– D'accord. Va m'attendre dans la voiture, en bas. J'en ai pour une seconde.

A son tour, il avait passé ses vêtements, pris les deux autres cassettes et Estelle, un châle indien jeté sur les épaules, l'avait accompagné jusqu'au vestibule.

– Au fait, lui avait-il dit au moment de la quitter, tu ne pourrais pas me passer deux cents francs? Je n'ai juste que mes cartes de crédit sur moi.

Elle était allée chercher l'argent, puis s'était pendue à son cou, lui soufflant à l'oreille :

– Tu aimes toujours faire l'amour avec moi? Tu m'aimes un peu, Kervin?

Il l'avait serrée contre lui.

– Il n'y a que toi que j'aime vraiment, ma chérie, tu le sais bien.

Puis, sur cette déclaration qui ne lui coûtait guère, il avait filé vers l'ascenseur de sa démarche assurée de jeune premier un peu canaille. Mais tandis que la cabine constellée de graffiti obscènes descendait vers le parking, une pensée lancinante lui taraudait la cervelle.

... « Deux cents balles... Merde... Il faut absolument que je me dégotte un peu de monnaie ce soir... »

Près de la voiture, Prisca l'attendait, une cigarette au coin des lèvres.

– Toi, lui dit-elle, tu as encore tapé Estelle d'un peu de fric!

Il avait haussé les épaules.

– Juste un poil de monnaie. Ce soir, je vais dans des endroits où l'on n'accepte pas les cartes de crédit. A propos, chérie, tu as réfléchi à ce que je t'ai dit, quelques après-midi par semaine chez mon amie Dounia...

La jeune fille l'arrêta tout de suite.

– Garde ton baratin pour Estelle, chéri. Je t'aime bien parce que tu m'amuses, mais je n'ai pas l'intention de tomber sous la coupe de ta vieille maquerelle.

– Comme tu veux, chérie, mais si tu changes d'idée... Le fric est rare.

Il l'avait reconduite au bas de son immeuble, une grande caserne verre et béton, près du métro Bienvenue, puis avait gagné son terrain de chasse.

C'était vrai que les temps étaient durs pour les garçons comme lui, industrieux, certes, mais individualistes, qui refusaient de se laisser embringuer dans les bandes organisées.

Les cassettes-porno qu'il cédait à son ami Simon-le-Bônois – un ancien de la rue du Roi de Sicile – ne lui rapportaient, pour sa part, pas un rond et servaient tout juste à rembourser une dette qu'il avait envers le Pied-Noir.

Bien sûr, Marcel-le-Mammouth – il mesurait un mètre quatre-vingt-cinq et pesait facilement son quintal et demi – avait un bâton pour lui sur leur dernière affaire, mais il était en province. Et de toute façon, ça n'allait pas le déraidir pour bien longtemps.

Marchant au bord du trottoir et déhanchée par le poids du sac à provisions qu'elle portait, une fille très jeune, trop fardée, collants noirs, bottes et mini-jupe de faux cuir fauve, venait à sa rencontre, le regard morne et le teint cireux.

Perdu dans ses pensées, Kervin ne la reconnut qu'à l'instant où il la croisa.

– Bonsoir Alix, dit-il. Ça va comme tu veux?

– Ah, c'est toi...

Elle avait une voix haut perchée, presque agressive. Elle enchaîna :

– Tu parles si ça va! Trois jours qu'ils m'ont gardée à l'hosto, à cause de mes ovaires! Et ça me pince toujours dans le ventre... Même que je peux plus bosser. Et pourtant, hein, Patrick, faut bien qu'il continue à cantiner...

Kervin hocha la tête. Avoir son ami à Fresnes posait toujours un tas de problèmes.

– Il doit sortir quand?

– Pas avant six mois...

Kervin lui adressa un petit sourire compatissant et fourra dans son cabas un billet de cent francs chiffonné.

– Tiens, gosse, ce sera pour tes Camels.

Le regard de la jeune fille s'éclaira.

– Oh, tu es gentil! Mais il y a longtemps que tu n'es pas venu me voir! Passe à l'hôtel, un de ces soirs.

– Entendu, gosse, et j'espère que tu iras mieux... Au fait, tu n'aurais pas aperçu le Mammouth, des fois?

– Non, je ne l'ai pas vu. Tu le cherches?

– On est en affaires, lui et moi... Bon... Faut que je me sauve. Soigne-toi bien.

Il la quitta, coupant court à ses remerciements. Sur la petite place, au carrefour des rues de la Folie-Méricourt et de La Fontaine-au-Roi, de petits groupes de punks aux cheveux roses et de skins aux bracelets d'acier se mesuraient du regard avant de descendre vers les cafés de la République. Près d'une porte cochère, des Noirs revendeurs de drogue jacassaient.

Kervin remonta la rue sur quelques dizaines de mètres, se ficha entre les dents un havane gros comme le pouce qu'il alluma à l'abri du kiosque à journaux puis s'engouffra en habitué dans un bistrot miteux.

A part le store délavé marqué « Café bar », l'endroit était dépourvu d'enseigne, mais sur la vitre une inscription *Au petit blanc* annonçait à la pratique un « Couscous royale tous les vendredis ».

A sa table habituelle, au fond de la salle quasi déserte et qui sentait le drap humide, Simon-le-Bônois, propriétaire des lieux, préparait son tiercé dominical. Il tourna vers le nouveau venu son visage de nervi empâté.

– Ah, c'est toi! Tu m'amènes quelque chose?

– T'auras trois boîtes au début de la semaine, Simon. Toujours dans la qualité. Mais c'est pas pour ça que je voulais te voir. J'ai un truc qui pourrait t'intéresser... une proposition...

Le regard du Bônois restait terne.

– De quel genre?

– Une affaire formidable...

Kervin laissa la phrase en suspens, comme pour donner plus d'importance à ce qui allait suivre.

– Un restaurant, en plein huitième et placé je ne te dis pas comme... Faillite... Je peux tout récupérer pour le franc symbolique...

– Alors, récupère-le!

– Bien sûr... Mais j'ai pensé qu'on pourrait faire le coup tous les deux...

Simon-le-Bônois haussa les épaules.

– Le franc symbolique... Ouais... Mais il faut combien pour éponger les dettes?

– Les dettes... (Kervin hocha la tête d'un air entendu.) Tu sais comment ça se passe, Simon. Les créanciers, plutôt que de tout perdre, sont prêts à transiger. Cinquante pour cent. Quarante, même... Peut-être moins... On les fait patienter et on leur repasse des commandes à soixante, quatre-vingt-dix jours. On rouvre la boîte comme ça, fifty-fifty et...

Simon coupa, l'air excédé :

– Je sais. On fait le plein trois jours avec les potes qu'on nourrit à l'œil et on refourgue la marchandise à moitié prix... Je suis pas preneur.

Kervin s'humecta les lèvres.

– Deux briques, Simon... Je fais l'affaire avec deux briques, mais comme tu sais, je suis un peu gêné. Alors, j'ai pensé à toi. On triple notre mise en huit jours.

Le Bônois eut un gros rire gras.

– Ma mise, si j'ai bien compris! Non, Kervin, je ne

marche pas. A propos, pour les cassettes, le coup est mort... Celles qui te restent, tu ferais mieux de t'en débarrasser... Mais n'oublie pas ce que tu me dois encore. Prends quand même un verre sur mon compte, ça te fera des économies.

Kervin eut besoin de tout son self-control pour ne pas marquer son désappointement et se contenta de regarder le cafetier d'un air apitoyé, écrasant nonchalamment son havane à peine fumé, avant de reprendre son « demi-saison » en cashmere qu'il avait, en entrant, négligemment jeté sur le dossier d'une chaise.

– Merci, Simon, dit-il, mais je suis pressé. J'ai rendez-vous au *Georges V* avec Mossak. L'ennui, c'est qu'il va chercher à m'avoir. C'est pour ça que j'aurais préféré faire l'affaire avec toi, on peut te faire confiance et tu es un homme de tête... Enfin... parfois.

Il esquissa un geste léger, accompagné d'un sourire juvénile, et repoussa la porte d'une démarche assurée.

Dès qu'il fut sorti, Baruch, le garçon qui torchait les verres derrière le comptoir – et qui était le propre neveu du patron – s'approcha, traînant les pieds.

– Merde, Simon, ça paraissait pas mal sa combine. Il doit se démerder quand même, ce gars. T'as vu comme il est lingé!

– Lui, purée! Tout juste un frimeur!

D'un coup de menton, le Bônois désigna le havane écrasé.

– Il va se priver de bouffer pour le plaisir de foutre en l'air sous mon nez un Monte-Cristo à quarante balles! Comme si ça m'impressionnait, ce genre de connerie... Un minable, je te dis, Baruch, un minable...

Le quart d'heure qui suivit, Kervin le passa enfermé dans une cabine téléphonique détraquée qui restituait scrupuleusement la pièce que l'on y avait glissée, appelant à la file tous les endroits où l'on aurait pu apercevoir « Monsieur Marcel, oui, le gros », pour apprendre finalement, et avec un certain soulagement, que le Mammouth finissait de dîner dans une brasserie en bas du Faubourg Saint-Denis.

Sa voiture était aux cinq cents diables et il se résigna à sauter dans l'unique taxi qui poireautait sur la place et à régler vingt-deux francs de course en entamant son dernier billet.

La brasserie où Kervin pénétra presque en courant était comble, du comptoir à la dernière table. C'était un vaste local sans âge, mal rénové à coups de panneaux plastique et de néons agressifs. Voué depuis sa création à la clientèle interlope du quartier, l'endroit, à part quelques rares touristes fourvoyés, était presque uniquement fréquenté par la petite et moyenne truandaille, maquereaux, monte-en-l'air, flambleurs, escrocs, putains et indics, de tout poil et de toutes couleurs.

Selon le chef de rang que Kervin interrogea, « Monsieur Marcel en était au café ».

– Parfait, dit Kervin en lui glissant une pièce de dix francs dans la paume. Dites-lui que je l'attends au comptoir.

L'homme parut gêné.

– Pardonnez-moi, M'sieur, mais je me souviens plus de votre nom.

– Y a pas de mal, mon vieux. Vous voyez tellement de monde... Docteur Berceney.

Il jeta un coup d'œil du côté du restaurant. L'odeur grasse des nourritures, plus forte encore que celle de la fumée stagnante, lui fit souvenir qu'il n'avait dans l'estomac qu'une tranche de jambon et une poignée de nouilles. La fatigue de ses « exploits » de l'après-midi lui tombait sur les épaules et la déception après sa visite au Bônois le déprimait. Manger un morceau et dormir, voilà ce qu'il lui fallait maintenant. Mais naturellement, il n'en était pas question. L'heure était à la course au fric.

Il alla s'installer au bout du bar, à la place laissée libre par une radeuse qui, son demi éclusé, retournait au tapin et, après avoir hésité une seconde, commanda un Cutty Sark « avec juste deux glacons et un poil d'eau plate ».

Marcel le Mammouth arriva une grande demi-heure plus tard, fendant la presse de la masse gigantesque de son ventre qui débordait de sa ceinture et manquait de faire craquer sa chemise blanche finement rayée d'orange. Il avait une quarantaine d'années et son visage gras, percé de deux petits yeux noirs et brillants, était immuablement jovial. Il secoua chaleureusement la main de Kervin qui disparaissait presque jusqu'au poignet dans son énorme pogne.

– Pardonne-moi de t'avoir fait attendre, petit, dit-il, hilare, mais on vient juste de me dire que tu étais là... Alors, t'es toubib, maintenant!

L'alcool qu'avait bu Kervin lui brûlait l'œsophage. Machinalement il chercha dans sa poche poitrine un cigare qu'il savait n'y plus trouver et se força à un sourire détendu.

– J'aurais pu l'être... Alors, Marcel, mes deux gars? Ils ont pu faire votre affaire?

Le Mammouth avait posé sa grosse patte sur son épaule et ne l'en bougeait plus.

– Si l'on veut. Le jeunot était correct, mais le nègre t'a repassé, petit. C'est pas Martiniquais qu'il est, mais de Saint-Vincent... Anglais, quoi. Alors bien sûr, avec lui, ça a pas pu marcher...

Outre son activité ordinaire de souteneur, Marcel le Mammouth procurait aux émigrées clandestines – des filles des pays de l'Est, surtout – venues se prostituer à Paris, des « maris bidons », clochards célibataires qui, contre espèces, acceptaient le mariage blanc faisant de leur conjointe d'un jour des citoyennes à part entière...

– Bon sang, dit Kervin qui avait blêmi. C'est un monde! On ne peut plus faire confiance à personne, maintenant! Le salopard! Si je le retrouve, celui-là...

– Tu resteras tranquille, petit. C'est un mauvais chien et je n'aime pas les bavures. Tiens, voilà ton fric... La moitié, bien sûr.

Sans affectation, le gros homme tira de sa poche une liasse épaisse de billets de cinq cents francs et en compta dix, à même le comptoir. Kervin les empocha, sous le regard haineux des Maghrébins qui les entouraient.

– C'est pas très prudent, Marcel, dit-il, de sortir votre argent comme ça.

Le Mammouth eut un rire bref, qui secoua son ventre.

– A moi, petit, personne se frotte...

– Je sais, Marcel... Et je suis embêté pour le nègre. Je passe pour un con, dans ce coup. Moi qui justement voulais vous proposer une affaire... Un restaurant. Une jolie maison bien placée que je peux ravoir pour le franc symbolique. Il...

Tout de suite, le gros homme l'arrêta.

– Petit, j'ai un principe et je m'y tiens. Ne jamais sortir de ma partie. Je connais le truc, mais la carambouille, c'est pas ma tasse de thé... Tu trouveras bien quelqu'un, si le coup est bon... Trouve-moi des célibataires corrects et je te les paierai toujours cinq mille balles le bout. Là-dessus, excuse-moi, faut je me tire. Ciao.

Kervin le regarda partir et pensa « quelle grosse nouille »... La liasse de billets lui réchauffait la poche mais il n'avait quand même pas le loisir de se mettre ni à table, ni au lit... Il allait être dix heures et ça allait être juste s'il voulait voir Dounia, qui ne traînait pas tellement, les fins de semaines, pressée qu'elle était de retrouver sa campagne.

Cette fois, il n'avait d'autre solution que de remonter le boulevard à pied. Il jura entre ses dents. La fatigue le reprenait mais quoi faire d'autre que de marcher? Dounia, pour cette nuit, c'était la dernière corde qui restait à son arc.

Elle avait dû être fort belle, quelque quarante ans auparavant lorsqu'elle avait débarqué de sa Slovaquie natale, bien décidée à vivre de ses charmes dans une cité plus agréable que Bratislava. Il lui restait encore la stature, la chevelure blonde, les jambes splendides que sa robe noire discrètement fendue mettait en valeur. Mais les seins fuyaient sous la soie du corsage et le visage, tiré par les liftings, avait autant d'expression qu'une figure du musée Grévin.

Lorsque la soubrette réunionaise avait introduit Kervin dans le petit salon, Dounia l'avait toisé au travers de son éternel face à main.

– Qu'est-ce que tu viens foutre, toi, petit maquereau?

Son accent slave, qu'elle entretenait à plaisir, adoucissait ses paroles et Kervin s'était empressé de baiser les doigts osseux, aux ongles sanglants.

– Mais... Te présenter mes respects, Dounia chérie... Bon sang! Comment fais tu pour être toujours aussi belle!

Elle avait grommelé, flattée malgré elle par le gros compliment, appuyé d'un sourire d'ange :

– Toi, tu as besoin de quelque chose!

Elle tenait, depuis des années, dans la partie la plus tranquille du boulevard Jules Ferry, une maison de rendez-vous des plus convenables et suffisamment surveillée par la police pour avoir survécu à toutes les « mesures administratives ». Le vaste appartement, où elle recevait une clientèle sélectionnée, avait l'incontestable avantage, à travers escaliers, corridors, ruelle cachée et cour bordée d'ateliers, de comporter au moins une seconde sortie, quasi insoupçonnable, à cent mètres de là, par une ancienne bâtisse du Faubourg.

Cette disposition enchantait Kervin. Il avait lu quelque part qu'elle était partie intégrante d'un assez vaste réseau de passages clandestins ouverts dans le Vieux Paris du XVIIIe siècle, moins pour faciliter les complots que pour la galanterie. Les coupures haussmanniennes en avaient détruit la plus grande part mais les quelques appartements encore reliés entre eux de cette manière, fort connus des agents immobiliers, se négociaient par cooptation et, naturellement, à prix d'or.

– Moi, feignit de s'étonner Kervin, mais non Dounia chérie, au contraire...

Il s'était accroupi sur le tapis, aux pieds de la vieille femme, posant sans façon sa tête sur son genou.

– Au contraire. Mon petit doigt m'a dit que tu cherchais encore de nouvelles filles.

– Bien sûr, je cherche – la Slovaque jouait avec son face à main – je cherche toujours. Tu connais les hommes, Globuchka! Tous des cochons. Le changement, ils veulent. Et pas n'importe quoi! De la petite femme gentille, sérieuse, pas du tapin à quatre sous! A trouver, ce n'est pas toujours facile!

Les yeux de Kervin souriaient.

– Justement, Dounia chérie. Moi, je peux te trouver ça... De la bourgeoise discrète, qui veut se payer du vison...

Intéressée, Dounia lui tapotait la tête.

– Si tu peux, tu amènes.

– Tu me donneras combien, chérie?

– Trois mille francs... Tiens, trois mille cinq, parce que c'est toi et que tu as de beaux yeux. Les temps sont durs, tu sais.

D'un mouvement souple, Kervin s'était relevé.

– Ma chère Dounia, dit-il d'une voix hautaine, ne me prends pas, s'il te plaît, pour un autre. Je suis le baron Jean Kervin de Berceney et mon ancêtre, l'amiral de Berceney, s'était illustré à la bataille de Navarin en un temps où les tiens savaient à peine ramasser les betteraves. Les vicissitudes de l'existence ne me permettent plus de tenir mon rang, soit, mais je n'accepte pas de me dévoyer pour des prunes. Cinq mille francs ou rien.

– Quatre mille, Globuchka.

– Je ne suis pas un marchand au souk, chère. Cinq mille. C'est mon tarif!

La vieille tenancière haussa les épaules.

– Tu es gourmand... Mais il me faut du premier choix, hein. Jolies, élégantes, convenables, pas entôleuses. Et qui aiment faire l'amour. Tu sais, aujourd'hui, le client qui lâche ses gros sous pour passer deux heures avec une femme, il ne se contente pas d'à peu près.

Kervin riait, l'œil coquin.

– Ne t'inquiète pas, chérie. Je les essaie toujours...

Il refusa la tasse de verveine que lui proposait la vieille femme et quitta l'immeuble par le passage clandestin.

Lorsqu'il déboucha Faubourg du Temple par une porte cochère anonyme, coincée entre une poissonnerie et un marchand de couleurs, la nuit avait pris possession du quartier. Les voitures étaient rares, les cafés clos et seules de rares fenêtres restaient éclairées. Tout à l'heure, à la sortie des spectacles et des cinémas, tout se ranimerait un peu mais, pour le moment, les trottoirs étaient presque déserts.

Le temps avait fraîchi et le vent balayait, avec les papiers sales et les déchets, un vague relent de pourriture qui venait du canal.

Kervin remonta le col de son cashmere et se hâta vers les lumières de la République dont la statue se cachait derrière un échafaudage tôlé.

Il avait d'abord songé à prendre quelques huîtres et une tranche de saumon fumé *Chez Jenny*, mais l'apppétit lui était passé. Il bâilla. Il se sentait las, mais son entrevue avec la vieille maquerelle l'avait revigoré et réconcilié avec l'existence. Il avait raccroché un nouveau circuit qui allait lui permettre de voir venir. Et puis, pour les cassettes-pornos, il se demandait s'il n'allait pas pouvoir continuer quand même, en se passant du Bônois. Il connaissait justement une fille qui travaillait dans un sex-shop et il y aurait peut-être moyen de s'arranger... L'imagination et la persévérance, voilà les qualités qui comptaient, dans le monde d'aujourd'hui.

Alors qu'il s'apprêtait à ouvrir la portière de sa voiture, trois hommes, jusqu'alors dissimulés sous un porche, sortirent de l'ombre et, silencieusement, l'entourèrent. Kervin se retourna d'un bloc, surpris et inquiet.

– Ah, c'est toi Hocine! dit-il en reconnaissant le profil de chèvre vicieuse et le visage ravagé par la petite vérole. T'as failli me faire peur! Comment tu vas?

– Nous, pas trop mal. C'est toi qui vas pas bien!

La voix du Maghrébin était froide et dure. Kervin eut un geste étonné.

– Moi! Mais pourquoi?

Dans le secteur, Hocine le Grêlé et Ali, dit « Razif », qui se tenait derrière lui, sans rien dire du troisième lascar au visage brûlé d'esclave soudanais, avaient une réputation bien établie de mauvais fers...

Roulottiers à la petite semaine, maquereaux sans envergure et racketteurs minables, leur violence native et le chaos engendré dans la pègre par la disparition des vieux caïds traditionnels leur avaient permis de se tailler un petit fief dans un quartier populaire, tenu pour peu rentable.

Kervin, qui avait horreur des bravaches toujours prêts à sortir les calibres ou les lames, s'était bien gardé de se trouver sur leur chemin. Se faire coincer par cette bande de dingues le laissait sans voix et la sueur au creux des reins. Il répéta :

– Pourquoi, Hocine? J'ai jamais becqueté dans tes spécialités!

Sans brutalité, mais fermement, les trois hommes l'avaient poussé sous la voûte obscure et il ne distinguait plus, autour de lui, que des silhouettes indistinctes et passablement menaçantes. Kervin sentit son cœur s'affoler.

– Avant peut-être, murmura Holcine d'une voix sifflante. Maintenant, c'est plus pareil. On m'a dit que tu faisais du magnéto-porno pour Simon-le-Bônois. Nous autres, on a investi dans ce commerce-là. On peut pas tolérer.

Kervin ouvrit les bras d'un geste d'impuissance.

– Ça j'ignorais, mon vieux. Mais je pense pas que ça puisse te porter tort. Moi, je tourne des originaux... Juste pour quelques amateurs... Privé, pas commercial.

– Tu te fous de moi ou t'es plus con que ta mère!

Si le Bônois t'a raconté ça, il t'a pris pour un cave!

Kervin avala sa salive. Pas chaud pour la bagarre inégale, mais énervé.

– Explique-toi, bon dieu! Je ne comprends rien à ce que tu racontes!

Le Grêlé haussait les épaules.

– C'est pourtant bien simple. Tes cassettes-vidéo, ton Bônois de mes couilles, il les duplique et cherche à me casser mon marché... Lui, je l'ai déjà prévenu et maintenant, c'est à ton tour!

Kervin restait les bras ballants, anéanti et profondément écœuré. Non pas tellement par la duplicité de Simon-le-Bônois, qui était somme toute de bonne guerre, mais de sa malchance à lui... Un manque de pot indigne pour un garçon qui avait toujours regardé soigneusement où il mettait les pieds. Se trouver coincé par cette bande de malfaisants, c'était trop!

Mais le moment n'était pas à l'exégèse. Il lui fallait se sortir au plus vite de ce traquenard, en évitant si possible les coups de talons dans le ventre. Il feignit se méprendre sur les intentions du Maghrébin.

– Tu as bien fait de me prévenir, Hocine! Je te revaudrai ça! Ce salopard! Je lui dirai aussi ma façon de penser...

– Tu vas même faire mieux que ça!

D'un geste brusque, Hocine lui avait saisi le poignet et, avant qu'il ne réagisse, plaqué au creux de sa paume une pièce de un franc. Il riait, ses lèvres minces relevées sur ses dents gâtées.

– Tu vois, je fais la mise de fonds! Maintenant, on va aller tous les trois avec Ali à la cabine et tu vas appeler ton bon ami Simon... T'as deux minutes pour réfléchir et lui filer un rancard là où on te dira. Et tâche d'être convaincant. Ça nous permettra peut-être de t'oublier.

Kervin eut un bref sursaut.

– Bon dieu, Hocine, s'exclama-t-il. Qu'est-ce que tu veux faire?

Le Grêlé esquissa un sourire anodin.

– Juste lui dire deux mots. Mais si on se pointe dans son rade, racistes comme ils sont, son neveu et lui, ils sont capables de nous allumer!

De cette extrémité, Kervin doutait un brin. N'empêchait qu'il se voyait mal parti. Il secoua la tête.

– C'est pas mauvaise volonté, Hocine, plaida-t-il, mais je ne crois pas la chose possible. Je l'ai vu tout à l'heure et on ne s'est pas quittés bien copains. J'ai pas l'impression qu'il marchera maintenant. Dans deux, trois jours, peut-être.

Le visage du Grêlé se ferma encore davantage.

– Mais moi, siffla-t-il, je t'ai donné deux minutes.

Kervin gardait les yeux fixés sur la pièce qui brillait dans sa main et restait là, sans même songer à refermer les doigts, comme sous l'effet d'une drogue paralysante. Pour lui-même, il murmura, d'un ton presque inaudible :

– Non... Ça n'a pas de sens... Simon... Je n'ai aucune raison de l'appeler... Il ne voudra jamais venir...

Hocine se dandinait, secouait les épaules à la façon des boxeurs de série B et Kervin, le dos contre le mur au crépi écaillé, recevait à pleines narines de lourdes bouffées de son odeur. Mi-graisse de bouc, mi-chypre de Prisunic.

– Dommage...

Le Grêlé ricanait, le toisant avec un visible mépris.

– Dommage pour toi, petit con! Parce que maintenant, on peut plus tellement te laisser courir... Mamoud!

Le Soudanais s'avança, un vilain sourire sur sa face obtuse. Hocine poursuivit :

– Tu vas lui péter les rotules, à ce petit con... Histoire de lui apprendre à rendre service.

Comme dans un cauchemar, Kervin vit l'homme sortir un énorme poing américain, muni de pointes de deux bons centimètres et se l'enfiler sur les phalanges. Devant ses yeux, un voile s'abattit, noir comme une tenture de deuil... Les rotules... C'étaient les cannes anglaises pour le reste de ses jours... Pas pensable... Trop con...

L'horreur même de la situation le galvanisa. Le voile funèbre obscurcissant sa rétine se déchira d'un coup et il se sentit à nouveau presque calme, lucide et, comme toujours, plein d'idées et d'astuce.

– Mon cher Hocine, dit-il de son ton de voix habituel, à la fois convaincant et un brin protecteur. Mon cher Hocine, m'envoyer à l'hôpital ne résoudra pas ton problème. Tu connais le Bônois. Il est méfiant mais rapace... Pour le faire sortir de son trou, il faut l'appâter...

L'autre, surpris de ne pas le voir s'effondrer en pleurnichant, hésitait.

– Ben... C'est ce que je t'ai demandé de faire.

– Mais l'appâter avec du sérieux, du contrôlable... Par exemple... La bijouterie du boulevard Magenta, qui a été dévalisée l'autre nuit. D'après toi... Les bijoux, ils sont déjà chez le fourgue, ou encore dans la nature?

– L'écoute pas, Hocine, coupa Ali « Razif ». L'écoute pas. Il cherche à nous avoir!

– Toi, ta gueule!

Sourcils froncés, le Grêlé tentait de réfléchir, ce qui n'avait pas l'air facile. Soupçonneux, mais intéressé quand même, il grommela :

– Pourquoi que tu me demandes ça? Pourquoi que je serais au courant?

Kervin sentait le vent tourner. Il lui sourit, très décontracté, du moins en apparence.

– Pour répondre à ta première question, dit-il, parce que le Bônois est un peu receleur sur les bords, ce que tu ne dois pas ignorer, et que si la camelote du casse n'est pas encore fourguée, je vois là une opération tout à fait susceptible de l'intéresser... Tu me suis maintenant?

Presque malgré lui, Hocine hocha la tête.

– Ouais, murmura-t-il. C'est pas con...

– Il y aurait quoi, dans le lot? Parce que j'aurais intérêt à être précis.

De nouveau Ali, qui ne comprenait rien, surtout pourquoi ils n'étaient pas en train de cogner sur ce morveux, voulut intervenir, mais Le Grêlé lui fit signe de se taire.

– Ben... Pourrait y avoir des brillants... Une vingtaine, dessertis... Les montures au poids. Puis des alliances, des montres... Les bricoles ordinaires, quoi...

Ali, qui avait enfin réalisé, précisa, pour se faire pardonner :

– Il y a aussi des petites pierres vertes, Patron...

Kervin eut un petit rire.

– Des émeraudes, dit-il. Avec le jonc en vrac et les brillants, je crois que ça pourra aller... Que ce sera suffisant pour intéresser ce gros rapiat. On y va?

Hocine se sentait dépassé par les événements. Il grogna, histoire d'avoir le dernier mot :

– J'espère que ça ira... Mais si ça rate, je laisserai Mamoud s'occuper de toi!

*
**

L'attaque avait été si soudaine que Simon-le-

Bônois n'avait pas eu le temps de faire un geste ni surtout de tirer de sa poche le vieux Beretta qu'il avait emporté à tout hasard, bien qu'il ne croyait pas craindre grand-chose d'un godelureau mythomane comme le petit Kervin.

Les hommes – ils étaient deux, ou trois peut-être – avaient jailli de derrière les voitures alignées le long du petit trottoir et l'un d'eux l'avait, par-derrière, ceinturé tandis que l'autre, un Noir, levait son poing. La dernière chose dont le Bônois avait eu nettement conscience, c'était que ce poing-là semblait hérissé de dents de fer.

Il y avait eu comme une explosion dans sa tête, une douleur atroce, un goût de sang et des débris durs dans sa bouche, puis une autre douleur, plus fulgurante encore au niveau des côtes qui l'avait fait vomir et perdre à demi connaissance.

Les brutes n'avaient pas pour cela cessé leur « travail » et l'un d'eux avait systématiquement continué de frapper la pauvre chose pantelante que son compagnon maintenait à pleins bras pour mieux l'offrir aux coups qui résonnaient sur son corps avec un affreux bruit de chair éclatée.

Au bout d'un temps qui parut à Kervin, tassé contre Hocine dans une encoignure, un peu plus long qu'un siècle, les deux hommes, à coups de pieds, coincèrent entre deux voitures le corps ensanglanté de leur victime et se rapprochèrent.

– C'est bien, dit Hocine. Maintenant, on va s'occuper de celui-là.

Kervin n'eut pas le temps de pâlir. Un coup de sifflet, lancé par le Soudanais, fit sursauter les deux voyous.

– Merde, grogna Ali en faisant disparaître son arme, les flics!

Le Grêlé jura.

– On se retrouvera, petit con! Tu perds rien pour attendre!

Médusé, incrédule, Kervin les vit disparaître dans la nuit, silencieux comme des ombres, et demeura là, collé au mur, immobile et le cœur battant. Un car de police passa sur le quai, roulant à faible allure, mais ne s'arrêta pas.

– Seigneur, murmura Kervin, j'ai quand même du pot...

Il laissa passer quelques minutes, puis à son tour quitta son abri, sans s'inquiéter de savoir si le Bônois était mort ou vivant.

Sa lassitude l'avait repris et en même temps l'idée de rentrer se coucher chez lui, près de la gare de l'Est, lui semblait, après toutes ces émotions, le comble de l'injustice. Il songea, encore hésitant : « Je devrais aller dormir chez Prisca... Mais avant, j'ai besoin de boire un coup... »

Il regarda autour de lui. La rue était déserte et l'éclat des réverbères se reflétait sur les carrosseries de voitures alignées le long du trottoir. Pas un passant, pas un flic, pas un chat autour des poubelles. Rien... Kervin eut l'impression d'un vide creusé brusquement au centre de sa poitrine, comme s'il lui manquait soudain l'appui familier de toutes ses personnalités empruntées et qu'il se trouvât nu et abandonné au bord d'une route qui ne mènerait nulle part.

Puis le malaise disparut et il haussa les épaules.

– J'ai dû avoir une drôle de trouille, dit-il tout haut.

Il crossa du pied un déchet et se dirigea vers sa voiture.

*
**

Seul, avec le planton de service, dans la pièce où étaient conservées, soigneusement classées dans une armoire de fer vaste comme un cénotaphe, les archives secrètes – que l'on appelait « le Bottin Galant » de la Police des Mœurs – l'inspecteur Lionel Savary consultait fiches et dossiers avec d'autant plus d'acharnement qu'il avait la déprimante conviction de perdre son temps.

Des maniaques sexuels, l'inspecteur Savary en avait, depuis son entrée aux Mœurs, traqué des dizaines et contribué à en faire arrêter quelques-uns. Par expérience, il savait que c'était l'un des gibiers les plus méfiants, les plus rusés, les plus sournois, les plus difficiles. La plupart étaient intelligents, d'autres simplement retors mais tous ou presque agissaient avec énormément de sang-froid, même si leurs pulsions perverses étaient le fait d'un dérèglement psychique.

Certains, qui s'exhibaient devant des gamines souvent plus averties qu'eux-mêmes ou guettaient les amants au creux des fourrés, étaient inoffensifs. D'autres basculaient dans le crime.

D'un geste machinal, parce que l'air confiné lui desséchait la gorge, Lionel Savary but, à même le goulot de la bouteille, une gorgée de bière tiédasse.

– Le crime, murmura-t-il comme pour lui-même, c'est déjà fait, puisque le viol en est un... Mais le crime sanglant, on est bien parti pour...

Sur la longue table, devant lui, s'étalaient les pièces tirées des minces rapports de la police urbaine où étaient consignées les déclarations des victimes, les constatations des gardiens de la paix et celles des médecins, sans rien dire d'un texte abscons d'un psychologue traitant de « l'altération de la vie instinctive et affective entraînant un désespoir provoquant l'accentuation des forces crimino-incitantes et un affaiblissement des forces crimino-répulsives ».

Au fil des rapports, ce fatras se traduisait, en clair, par une progression constante de la brutalité dans le comportement du « violeur des gares ».

Au cours des premiers méfaits qui pouvaient, logiquement, lui être imputés, le maniaque, menaçant en paroles, s'était pourtant conduit – si l'on pouvait dire – avec une certaine politesse qui lui semblait naturelle. Ensuite, enhardi peut-être par la soumission de ses victimes et l'impunité, son comportement changeait : paroles insultantes ou obscènes, sévices répugnants – projection de sperme sur le visage, introduction dans le sexe ou l'anus d'étuis à cigares qu'il faisait ensuite lécher – coups puis torsion et morsure des seins...

Hors cela, les dossiers ne contenaient que de minces indices matériels : une analyse de sperme apparenté à un groupe sanguin assez rare, une pointure de soulier relevée d'après une empreinte sur le poussier d'une cave et une série de portraits-robots peu fiables, les agressions ayant toutes eu lieu dans l'obscurité et les agressées étant bien trop traumatisées pour être précises.

Gagné par le découragement, Lionel lorgna d'un œil chargé de rancune l'énorme amoire de fer... Toute la masse d'archives qui dormaient là et dont une grande partie concernait des faits similaires échelonnés dans le temps, son collègue Alex Gribovitch, dont c'était la spécialité, s'y était plongé avec sa conscience habituelle. Il n'en avait rien tiré, sinon la confirmation que les gares attiraient souvent, on ne savait trop pourquoi, les dévoyés sexuels.

Il soupira. Normaux un jour, dingues le lendemain, ce genre de délinquants étaient presque insaisissables.

Il regarda sa montre. Son temps de permanence se terminait et il entreprit de reclasser les pièces éparses. Au hasard, son œil accrochait des bribes de textes : Anna X, quinze ans. « Il m'a dit que si je ne voulais pas le sucer, il me tirerait une balle dans le sexe et que je mettrais des heures à crever »... Paule, seize ans. « Je lui ai fait la fellation et il me tenait par les oreilles comme s'il voulait me les arracher. Après, j'ai cru qu'il allait me laisser tranquille »... Sophie, même âge. « Dans la cave où il m'a emmenée avec son pistolet, il y avait des rats. J'ai vu leurs yeux dans le noir »...

Puis brusquement, quelque chose l'arrêta. Un détail, déjà lu sans doute, mais qui, tout à coup, le surprenait comme un cri dans le silence.

Deux jeunes filles, agressées à trois semaines d'intervalle, l'une rue d'Alsace, l'autre rue Pierre Dupont, non loin de la gare de l'Est, l'avaient été toutes deux alors qu'elles sortaient de la même discothèque, le *Canal's Street Club,* situé près du quai de Valmy...

Ce n'était même pas un indice, à peine une coïncidence, et pourtant Lionel eut l'impression qu'une mince fissure venait de s'ouvrir dans un haut mur.

– Quand je pense que Gribo a laissé passer ce truc, dit-il tout haut.

A sa table, le planton le regarda, puis se replongea dans ses mots croisés.

CHAPITRE III

Elle hâtait le pas... La nuit était fraîche, la rue déserte et il était tard, beaucoup plus tard qu'elle ne l'avait cru. Mais elle n'avait guère plus de cinq cents mètres pour rentrer chez elle et de toute façon, maintenant, les parents n'osaient même plus râler quand on arrivait deux heures à la bourre. – Même qu'ils devaient être déjà couchés, bien goinfrés de Dallas ou d'une autre connerie...

D'ailleurs, elle n'avait rien fait de mal... Sauf d'avoir traîné avec sa copine Alice sous le prétexte de potasser le cours d'allemand de la semaine prochaine. Mais l'allemand, elles en avaient pas causé beaucoup... Alice était amoureuse et elle l'avait fait...

Et naturellement Alice lui avait tout raconté.

– Tu comprends, je voulais pas vraiment, mais ses vieux étaient en week-end et on était tout seuls dans l'appart'. Tu parles d'une galère! On avait fumé un peu et flirté pas mal. Bref, j'me suis retrouvée à poil, vachement excitée...

– Raconte.

– Ben, je te l'ai dit, quoi. Il m'avait fait des trucs, avec les doigts d'abord puis avec sa langue. Pour ça, c'est une vraie bête. Et moi j'aime tellement vachement que le dessus du canapé, il était trempé tellement je mouillais... Après, ben, j'ai pas pu dire non... De toute manière, dans l'état où il était, il m'aurait pas laissée...

– Il était gros?

– Un peu! Même que je me suis dit que ça pourrait jamais rentrer!

– Et ça t'a fait quoi?

– Ben... j' sais pas trop. Pas de mal en tout cas. Peut-être un peu brûlée quand il me l'a mis. Après, ça a été vite. Il m'a dit qu'il en avait tellement plein les glandes qu'il pouvait plus se retenir. Moi, j'aurais aimé que ça dure plus. Quand même, après, je me sentais cool. Ça doit être plutôt beuflant, à la longue...

Tout en marchant, elle rêvait un peu. Alice avait pas la trouille. Elle, baiser, elle avait beau penser qu'à ça, elle avait jamais encore osé. Mais ce qui était sûr, c'est que sitôt rentrée et couchée, elle allait se caresser toute seule jusqu'à plus en pouvoir.

⁂

Juché sur un fond de caisse, derrière la palissade, Jean-Pierre Caurvin la vit approcher.

Il l'avait suivie de loin, dès qu'il l'avait aperçue, seule dans la rue vide, silhouette juvénile engoncée dans une veste de fourrure synthétique claire, et lorsqu'il avait cru pouvoir juger de son itinéraire, il s'était lancé à travers le chantier de façon à lui couper la route.

Maintenant, il la voyait mieux, malgré la brume nocturne qui noyait l'éclairage public : cheveux blond paille coupés court, jeans, baskets... Quinze ans... Seize peut-être.

Elle était à son aplomb, et il aurait presque pu, en se penchant, crocher dans sa chevelure. Il la laissa passer pourtant afin de profiter davantage de ces quelques secondes exquises où se mêlaient l'appréhension, le doute, l'impatience, la crainte d'être surpris, la joie et le remords... Et le désir... Le désir impétueux, irrésistible du viol.

Il prit appui sur le haut des planches et sauta de l'autre côté de la palissade, juste derrière elle, son pistolet à la main.

Au bruit qu'il fit, la jeune fille se retourna ou voulut se retourner mais il ne lui en laissa pas le temps, lui enfonçant violemment le canon de son arme au creux des reins.

– Marche! Ne crie pas! C'est un pétard que j'ai là. Si tu cries, tu es morte.

Il la poussa devant lui jusqu'à l'entrée du chantier dont la porte, bloquée par un engin, était à demi ouverte. Elle ne résistait pas. Elles ne résistaient jamais, bien trop terrorisées pour cela. Cependant, si elles avaient hurlé, si elles s'étaient enfuies en courant, il n'aurait pas tiré. Tuer ne l'intéressait pas et il n'y avait même jamais vraiment songé. Son plaisir était autre...

De l'autre côté de la palissade, la nuit était plus dense, ouatée par le brouillard, mais pas vraiment obscure. Jean-Pierre Caurvin remonta son foulard sur le bas de son visage. Beaucoup de filles l'avaient vu et avaient dû plus ou moins le décrire aux flics. Il s'en moquait, songeant seulement que ne rien distinguer de sa physionomie pourrait effrayer davantage les filles.

Celle-ci trébuchait dans les ornières et finit par s'arrêter, coincée entre un tas de sable et un amoncellement de parpaings. Elle resta immobile et il dut lui ordonner de se retourner. Elle obéit, comme un automate. Il distingua enfin ses traits, déformés par la terreur mais presque encore enfantins. Ses yeux étaient grands ouverts, exorbités. Elle murmura, à peine audible :

– Qu'est-ce que... Qu'est-ce que vous allez me faire ?

Il se contenta de rire.

– Déshabille-toi!

Elle ne bougea pas et il leva légèrement son arme, qui accrocha un reflet de lumière vague. Puis, de son autre main, il la gifla.

– Tu as entendu! Fous-toi à poil!

La panique rendait ses gestes malhabiles et elle n'arrivait pas à déboutonner sa veste. Il gronda :

– Tu veux que je t'aide... A poil, j'ai dit!

Elle laissa tomber le vêtement sur le sol et fit passer son pull par-dessus sa tête. Elle ne portait rien en dessous et il vit ses seins, déjà un peu gros, soulevés au rythme de son souffle précipité. Elle tremblait.

– J'ai froid, dit-elle.

– T'auras plus chaud tout à l'heure. Le reste...

Elle hésita et il leva la main. Instinctivement, elle protégea sa joue de son bras replié, mais il ne la frappa pas et elle se dégagea de son jean. Prise dans les plis du lourd tissu, sa petite culotte glissa également et elle se retrouva tout à fait nue, claquant des dents. Comme elle se baissait pourtant afin de délacer ses baskets, il l'arrêta.

– Garde-les... Il y a plein de verre, tu vas te couper.

Elle ne réalisa pas tout de suite mais dans l'abîme d'horreur où elle était tombée, la phrase et surtout le ton de la voix qui l'avait prononcée la déroutèrent. Elle releva la tête. Le foulard avait glissé et maintenant qu'elle était habituée à l'obscurité, elle pouvait distinguer sa figure. Il n'était pas vraiment vieux, plutôt joli et malgré la peur et le froid qui hérissait sa peau nue, elle chercha à comprendre...

Des filles, il devait pouvoir en avoir sans faire ça... Dans une soirée, peut-être même qu'elle aurait pu flirter avec lui... Elle supplia :

– Me faites pas de mal! Laissez-moi partir, je ne dirai rien. Me violez pas! J'ai pas quinze ans! Je l'ai jamais fait! Je suis vierge... Oh, s'il vous plaît...

Jean-Pierre Caurvin ricana. Pas une qui ne pleurnichât pas, qui ne cherchât à l'attendrir – vierge, trop jeune? Qu'est-ce que cela voulait dire? Ce qu'elles avaient entre les jambes, ça représentait quoi, pour elles? Un trésor? Un trésor qu'il allait s'approprier parce qu'il était le plus fort.

– Ta gueule, pauvre conne! Ton berlingue de merde, je vais te le faire sauter! Mais d'abord, à genoux! Et suce-moi!

Elle sanglotait, maintenant, à petit bruit, grelottante, les deux mains plaquées sur la touffe de son sexe. Il fit passer son pistolet dans sa main gauche, lui saisit un sein à pleine main et le lui tordit. Elle poussa un cri bref. Il glapit.

– Tais-toi, salope! Et fais ce que je te dis!

D'une poussée, il la fit tomber à genoux sur le sol boueux et dégagea sa verge qu'il présenta devant son visage. Elle secoua la tête pour éviter le contact mais il lui plaqua la main sur la nuque et la ramena vers lui, frottant l'extrémité de son pénis contre les lèvres closes.

– Suce-moi ou sinon...

Il ne précisa pas sa menace mais lui posa le canon de son arme sur le côté du cou. Abrutie et secouée de sanglots, la jeune fille desserra les lèvres et il s'enfonça dans sa bouche.

*
* *

D'un air dégoûté, « Monsieur Victor » rejeta sur son bureau les épreuves du portrait-robot que Lionel Savary, debout en face de lui et les mains dans les poches, venait de lui présenter.

– Des têtes comme ça, c'en est plein en bas, dit-il. Vous n'avez qu'à jeter un coup d'œil, si vous voulez... Ici, c'est bourré tous les soirs, surtout en fin de semaine. Comment voulez-vous qu'on puisse faire attention...

Dès son arrivée à la discothèque, Lionel avait compris qu'il devrait s'armer de patience. Déjà, il avait eu du mal à dénicher l'endroit, au fond d'une cour, dans une rue morne perpendiculaire au canal et mal signalé par une enseigne lumineuse dont la première lettre était éteinte. De ce fait, on ne lisait plus que *anal's Street Club,* ce qui avait paru à Lionel de bien curieux augure.

Le portier, un colosse martiniquais au visage de catcheur, lui avait ouvert de mauvaise grâce.

– Connaissez quelqu'un ici? On n'aime pas tellement les mecs seuls...

De l'escalier qui menait au Club – en sous-sol – montaient, à peine assourdis, les échos d'une musique démente. Lionel imagina la salle obscure, enfumée et sans doute comble, pétante de décibels et d'éclairs stroboscopiques. Inutile d'espérer tirer quoi que ce soit de quiconque dans une telle ambiance. Il régla son entrée cependant et laissa son imperméable au vestiaire.

– Le patron est là? demanda-t-il à la préposée. Ou le gérant? J'aimerais le voir.

– Monsieur Victor ne reçoit personne à cette heure-ci. Les représentants, c'est le matin...

Sans spécialement de discrétion, Lionel avait exhibé sa médaille.

– Il fera peut-être une exception.

La fille le regarda en coin, le visage fermé, puis murmura quelque chose où il était question d'oignons qui n'étaient pas les siens et alla décrocher un téléphone mural dans le fond de son cagibi.

– Monsieur Victor va venir... C'est le gérant. Vous n'avez qu'à attendre là...

Un petit quart d'heure plus tard, l'homme était arrivé. Un jeune Levantin déjà trop gros, boudiné dans une chemise rose dont les manches étaient remontées sur les avant-bras par des bracelets élastiques, comme les bootleggers des années 30. Il était rasé de si près que ses joues en paraissaient bleues.

– C'est privé, ici, m'sieur l'inspecteur. A la limite, il vous faudrait un mandat...

Lionel lui avait adressé un sourire angélique.

– Juste un petit renseignement à vous demander, mon vieux. Bien entendu, vous avez le droit de refuser...

L'autre avait haussé les épaules et l'avait conduit dans son bureau.

Calmement, Lionel reprenait ses clichés.

– Bien sûr, dit-il. Mais vous devez avoir des habitués... Des gars ou des filles qui sont là tous les soirs. Eux pourraient peut-être...

L'autre le considéra sans aménité et prit tout son temps pour rallumer un bout de cigare mâchonné.

– Ouais, grogna-t-il. Naturellement qu'on a des habitués... Ils arrivent à l'ouverture et se tirent quand on ferme, et on a bien du mal à renouveler leur verre... Mais faut pas se tromper. Ici, c'est une clientèle saine. Des jeunes qui travaillent, qui viennent pour s'éclater, danser ce qu'ils aiment danser. Pas des voyous. On n'a jamais d'histoires. Pas de baston, pas de came, rien. Et moi je paie des impôts, des taxes et des impôts sur les taxes. N'empêche que si je ne suis pas à la botte avec vous autres, vous allez m'envoyer le service d'hygiène, la Sécurité ou le Contrôle des prix. Tout ça parce que deux clientes d'ici se seraient soi-disant fait violer... Remarquez que c'est encore bien possible, avec tout ce que vous laissez traîner dans les rues...

Il cracha son mégot en direction de la corbeille à papiers, qu'il rata d'ailleurs, haussa les épaules et enclencha une touche de l'interphone.

– Alfred... Tâche de me dégotter Marina, en bas, et dis-lui de monter à mon bureau...

⁂

Elle avait dit la vérité... Jamais elle n'avait dû sucer un paf... Jean-Pierre Caurvin s'en rendit compte tout de suite et quand, faute de mieux, il tenta de se masturber dans sa bouche, contre son palais, elle eut un haut-le-cœur et vomit, si bien qu'il dut se déchausser pour éviter d'être souillé par le jet glaireux.

Furieux, il la gifla, l'insultant à voix basse.

– Sale petite conne! Pas permis d'être aussi dégueulasse!

D'un coup de poing, il la renversa sur le tas de sable et se jeta sur elle, fourrant sa main entre ses cuisses, fouillant son ventre avec une telle brutalité que, pour la première fois, elle cria.

Il insista, griffant son pubis, enfonçant ses doigts dans la chair contractée et sèche.

Elle eut un sursaut violent qui lui fit à demi lâcher prise. Passive jusque-là par un excès de terreur viscérale, la réalité, l'imminence du viol qui l'attendait la faisaient réagir à présent avec l'énergie du désespoir. Elle se débattit, luttant farouchement pour échapper à l'étreinte du maniaque, donnant des coups de pieds, griffant, tentant de mordre.

Il était surpris de cette réaction. D'ordinaire, les

filles étaient domptées très vite. Après avoir pleuré et gémi comme il convenait, elles prenaient leur parti de ce qui leur arrivait et se laissaient faire sans trop résister. Quelques-unes avaient même sereinement accepté l'aventure avec une certaine complaisance, sinon une complaisance certaine.

Celles-là bousculaient l'ordre de ses phantasmes et il était obligé de leur faire payer leur dépravation par des coups et des morsures pour retrouver le fil de son plaisir.

Par son opiniâtreté à défendre un « petit capital », dont aucune ne semblait se soucier beaucoup, celle-ci lui plaisait davantage, mais point trop n'en fallait... D'autant qu'elle était plus forte qu'elle ne le paraissait et qu'il avait du mal à la maintenir.

Presque à regret, Jean-Pierre Caurvin lui enfonça le canon de son arme juste sous le nombril.

– Tu as oublié ça, murmura-t-il. Tu ne vas quand même pas me forcer à te faire du mal. Tu t'es bien défendue. Sois raisonnable, maintenant. Laisse-toi faire... Ça ne sera rien...

Cette voix presque douce l'effraya plus que les menaces ou les coups. Elle se remit à pleurer et ne bougea plus. Du genou, il lui écarta les jambes et se glissa entre ses cuisses. Lorsqu'elle sentit le membre effleurer son ventre, elle eut un sursaut, cria un peu. Il répéta :

– Laisse-toi faire.

Il avait du mal à la prendre. Son sexe était fendu très bas, minuscule, étroit, peut-être légèrement mal conformé, aride... Il réussit malgré tout à s'introduire. Elle hurla. Il poussa plus fort sans autre résultat que de la faire hurler davantage.

Un jet soudain de lumière vive illumina la nuit. Jean-Pierre Caurvin lâcha la fille toujours glapissante, tourna la tête, tout de suite ébloui par l'éclat violent d'une lampe braquée sur lui. Des cercles brillants tournoyaient et incendiaient sa rétine. Il eut l'impression que le monde basculait, cligna désespérément les yeux.

Une voix résonna tout près, teintée d'un fort accent étranger.

– Qu'est-ce que c'est?... Qu'est-ce qui se passe ici?

Jean-Pierre Caurvin réalisa dans la seconde. Le gardien du chantier, alerté par les beuglements de la fille. Sans réfléchir qu'il n'avait pas dû retirer le cran d'arrêt, il leva son pistolet, en enfonça la détente.

La détonation, comme un fracas d'apocalypse, le surprit moins que le sursaut de l'arme dans sa paume, le claquement de la culasse si brusquement refermée qu'un second coup partit sans qu'il eût conscience d'avoir de nouveau tiré.

Cette fois, la lumière de la torche électrique vacilla avant de décrire une parabole et de s'éteindre. Quelque chose de lourd tomba avec un grognement liquide. La fille s'était tue et il n'y avait plus que ce bruit, qui ne finissait pas.

Avec encore des plaques colorées tourbillonnant devant ses prunelles, il se rajusta avec des gestes machinalement précis, ramassa la pochette de cuir qu'il avait posée sur un parpaing, en passa la courroie sur l'épaule et se tourna vers la masse plus claire de la fille toujours écartelée sur le tas de sable.

– Tant pis pour nos amours, chérie, dit-il.

De nouveau la fille hurla, encore plus fort que précédemment. Il haussa les épaules et s'éloigna. Après quelques pas, alors que les cris de la fille montaient et descendaient comme un ululement de bête, il se mit à courir...

Il allait droit devant lui, maintenant, sans regarder où il mettait les pieds mais évitant pourtant, d'instinct, les trous et les obstacles. De longues poutrelles métalliques lui barrèrent la route. Il les franchit d'un bond, mais tenant d'une main la courroie de la pochette qui lui battait les reins.

Les hurlements suraigus de la fille lui parvenaient toujours, mais comme venant d'ailleurs et loin derrière lui. Il haletait un peu et, malgré le froid de la nuit, des gouttes de sueur perlaient à son front. Il buta presque contre la palissade, trop haute pour qu'il puisse l'escalader. Il hésita une seconde puis longea l'obstacle. A vingt mètres, des planches avaient été retirées et remplacées par une clôture symbolique de bandes de plastique tendues entre des piquets de fer. Jean-Pierre Caurvin les écarta et se glissa dans la brèche.

Tout de suite il traversa la chaussée pour trouver, sur l'autre trottoir, l'abri de la rangée de voitures garées là pour la nuit. Alors il reprit son souffle, glissa dans sa poche intérieure le pistolet qu'il tenait toujours à la main et se dirigea tranquillement vers les lumières de l'avenue du Maine, qui brillaient au bout de la rue.

⁂

Assise sur l'angle d'un classeur métallique – elle avait refusé l'unique chaise du bureau –, Marina considérait l'inspecteur Savary d'un air renfrogné mais curieux.

– Et vous êtes flic! dit-elle en secouant la tête. J'aurais jamais cru, si Victor m'avait pas prévenu! Je vous aurais plutôt vu dans la pub... Ou à la télé... Dans une radio libre, tiens... Mais pas flic!

Lionel avait ri.

– C'est pour mieux tromper l'ennemi, mon chou!

Avec son visage faussement innocent, ses yeux

sombres soulignant un teint pâle, ses cheveux décolorés style « rebelle », son pull noir au décolleté si large qu'il dégageait presque totalement une épaule, sa jupe cirée, noire également, haut fendue sur des collants pailletés, elle paraissait sortir tout droit d'un magazine « in »... Un pur produit des « médias-disco »... Entre dix-huit et vingt-deux ans, il était bien difficile de lui donner un âge et Lionel Savary ne s'y hasardait pas.

« Monsieur Victor » la lui avait présentée : « Marina Lévêque... Elle vient ici depuis au moins trois mois... Elle connaît tout le monde ». Puis, sur un signe de Lionel, il avait, de mauvaise grâce d'ailleurs, abandonné son bureau.

Elle lui avait jeté un coup d'œil incisif et avait croisé les jambes, ce qui, vu sa position et la jupe fendue, offrait une assez intéressante perspective de cuisses.

– Vous savez vous faire obéir, avait-elle remarqué. Dur juste ce qu'il faut, hein!

Du bout des doigts, Lionel lui avait caressé le genou.

– Allumeuse juste ce qu'il faut, hein!

Marina Lévêque avait haussé ses épaules et tiré sans conviction sur le bas de sa jupe.

– Assez flirté, poulet. Ça galère, en bas...

Rapidement, Lionel lui avait expliqué les raisons de sa visite et, comme à « Monsieur Victor », lui avait montré les photographies des deux filles agressées au sortir du club, ainsi que le portrait-robot de leur agresseur présumé.

La jeune fille ne leur avait jeté qu'un rapide regard, mais ses yeux sombres s'étaient accrochés à ceux de Lionel et ne les lâchaient plus.

– Mettons-nous d'accord, dit-elle. Les flics, je suis comme tout le monde, je ne les aime pas beaucoup. Mais c'est surtout subjectif, car vous êtes le premier que je vois de près... Alors, comme j'aimerais me faire une opinion personnelle, ne forcez pas trop sur la goujaterie. D'ailleurs, cela ne vous va pas.

Lionel cacha sa surprise. En dépit de sa tenue et de son allure, Marina Lévêque s'exprimait avec un tout autre vocabulaire que celui, basique et imprécis, des habitués des disco-clubs. Et sa voix enveloppante contrastait si curieusement avec ses phrases abruptes qu'elle en prenait une chaleur inattendue... Presque malgré lui, Lionel changea d'attitude et, sur son visage, le masque de gouaille disparut. Elle ne sembla pas s'en apercevoir et poursuivit.

– Ce que je ne supporte pas, en revanche – viscéralement, si je puis dire –, ce sont les violeurs. Je ne sais pas ce que Victor vous a raconté, mais pour Claire – du regard elle désignait la photo d'une des jeunes filles –, elle venait souvent au club et on a tous su. Je la connaissais un peu et je peux vous assurer que ce qui lui est arrivé, elle ne l'a pas cherché. L'autre, je ne sais pas. Je ne crois pas l'avoir jamais vue. Elle ne devait pas venir souvent...

– Et le garçon? demanda Lionel.

Elle reprit le portrait-robot et, cette fois, l'examina avec une attention soutenue, les sourcils froncés et un bout de langue rose pointant hors des lèvres.

– Plus délicat, murmura-t-elle. D'abord, le dessin est médiocre, ce qui rend le visage quelconque. Il lui manque l'étincelle de la vie. Je ne suis pas très physionomiste et cela pourrait m'évoquer plusieurs personnes, même vous. Pas des habitués. Des garçons qui passent pour draguer et qui ne s'attardent pas... Tous un peu pareils... Alors, naturellement, je peux faire un amalgame.

Elle s'interrompit, fixa Lionel et machinalement, gratta son bas, au-dessus du genou, avec la pointe de son ongle. Dans le silence, cela fit un petit bruit crispant. Lionel avait beau se contrôler, il ne pouvait s'empêcher de laisser couler son regard en direction de cette cuisse que le pan de la jupe noire découvrait à présent jusqu'on ne savait où.

Dans les prunelles de Marina Lévêque passa un éclat moqueur. Elle répéta, un demi-sourire aux lèvres :

– A la limite, c'est vrai, un peu quelqu'un comme vous... Qui sait s'adapter... Le genre caméléon. L'âge que vous paraissez avoir, mais je suis certaine que vous en avez dix de plus... Plus chaleureux... Plus bavard. Plus élégant aussi... Un look rétro, comme on dit... Dans la tenue, les manières. Mais je suis peut-être influencée par votre présence, votre personnalité... C'est vrai ! Un flic plutôt beau garçon qui vous écoute sans dire trois mots et lorgne vos jambes pendant le service, cela crée une situation ambiguë.

Dérouté, presque piqué de la perspicacité de l'étrange fille, Lionel se racla la gorge.

– Eh bien, dit-il d'un ton pincé. Pour quelqu'un qui n'est pas observateur...

– Je n'ai pas dit ça. – Elle haussa les épaules, ce qui fit dangereusement glisser le décolleté de son pull vers l'amorce de sa poitrine. – Et puis, pourquoi le cacher, ce n'est pas un secret. Je suis à l'université... Je viens ici pour une étude... Une enquête spécifique, qui doit prendre place dans un ouvrage collectif... Un travail sur les comportements inadaptés de l'adolescent normal. Sous un éclairage sociopathologique. Le phénomène des bandes... Les crises du passage à l'état adulte. Ici, personne n'est au courant. Sauf Victor. C'est pour cela qu'il m'a fait venir. Mais gardez cela pour vous.

Maintenant Lionel comprenait mieux. Cela arrivait parfois de tomber sur ce genre de phénomène et de se laisser berner. Il grommela, conscient de son manque d'élégance.

– Amusant de se foutre d'un lourdaud de flic, hein!

Elle rit, moqueuse.

– Ne faites pas cette tête-là! Dans votre genre, vous êtes très chou... Et si je montre mes jambes, c'est parce que j'adore qu'on les regarde... Une sociologue exhibitionniste, inspecteur! Ne laissez pas passer l'occasion!

A un autre moment, Lionel Savary se serait facilement laissé entraîner sur les chemins hasardeux du marivaudage. Il se contenta de lui sourire.

– Comme vous l'avez dit, je suis en service. Alors, résumons-nous. Si j'ai bien compris votre analyse, le type que nous recherchons aurait très bien pu passer ici... S'il revenait, seriez-vous capable de le reconnaître?

De nouveau, elle jeta un coup d'œil sur le portrait-robot.

– Oui, dit-elle, je crois. Dans ce cas, je devrais vous prévenir, c'est cela?

– Exactement. Ou plutôt le commissariat, qui enverra une patrouille volante...

Et parce qu'il avait aperçu une lueur dans son regard, il ajouta vivement :

– Ne faites pas de zèle. N'essayez pas de jouer au détective. Ne tentez pas de le retenir, ou de le suivre, s'il s'en va avant l'arrivée de la police. Ce genre de déséquilibré peut être très perspicace. Et dangereux.

Elle rit encore.

– Un vrai père! Mais ne soyez pas nerveux comme ça! J'ai compris. Si je revois ce type, je fais le 17 et c'est tout... Ce sont mes jambes qui vous rendent nerveux?

Lionel ne voulait pas se laisser entraîner.

– Non, dit-il. Ce sont de très jolies jambes, mais...

– Mais vous êtes en service, je sais. Blague dans le coin, Inspecteur... Laissez-moi votre numéro. J'ai un tas de matériel, chez moi. Des notes, des bouts d'enregistrements, à la sauvette. Je chercherai. Il se peut que je trouve ou que je me souvienne de quelque chose susceptible de vous intéresser. Aider la police, c'est le devoir de tout bon citoyen, non?

Elle se moquait de lui, ouvertement provocante, et pourtant Lionel lui donna le numéro de la Brigade, en se demandant d'ailleurs pourquoi il le faisait.

Elle le nota soigneusement et, de nouveau, riva ses yeux aux siens.

– Pendant que vous y êtes, vous devriez également me donner l'autre... Celui de l'endroit où vous faites dodo... Si le satyre revient, ce ne sera pas pendant les heures de bureau... Ça ferait gagner du temps. Et puis, vous n'êtes pas toujours en service, non!

*
**

Sous le crâne de Kervin, un marteau-piqueur enragé trépidait follement.

– Merde, murmura-t-il d'une voix pâteuse. Qu'est-ce que j'ai dû prendre comme gamelle!

Il grimaça. Il avait mal à la tête, un mauvais goût de chaussette dans la bouche et n'arrivait pas à se souvenir de ce qu'il avait bien pu faire la veille au soir, ni à qui pouvait appartenir le corps tiède collé contre le sien.

– En tout cas, j'ai dû ramasser une môme... C'est déjà ça.

Péniblement, il se redressa et entrouvrit les yeux. A travers les rideaux trop minces, un reflet de lumière jetait une clarté douteuse dans une chambre qu'il ne connaissait pas.

Il passa la main sur le corps près de lui, frôla un sein.

– Bon, marmonna-t-il. C'est l'aventure... Voyons un peu l'allure de ce petite numéro.

Il tâtonna, rencontra un fil électrique, remonta jusqu'à l'interrupteur, fit de la lumière, cligna des yeux. Un studio comme tous les studios, pas très bien rangé, avec une chaîne stéréo sur la moquette, un bouquet d'œillets dans un vase.

Quant à la fille, elle semblait du genre acceptable, avec un joli dos, des fossettes coquines au creux des reins, des fesses bien fermes et des cannes un peu fortes, mais passables. L'idée qu'il avait encore du goût, même bourré, le ragaillardit un peu.

– Allez, dit-il, on est arrivés.

Sans ouvrir les yeux, la fille se retourna et sourit vaguement. Le côté face ne déparait pas le côté pile... Une poitrine dure, bien à sa place avec des mamelons larges et roses, un ventre plat et une fourrure claire de vraie blonde. Le visage était jeune, un peu marqué, mais avenant malgré le maquillage délayé et le rouge débordant largement ses lèvres.

– Jamais vu ce museau-là, moi...

Pourtant, peu à peu, Kervin reprenait pied... Ce n'était pas encore des souvenirs précis. Plutôt des images émergeant sans ordre d'un brouillard. Une station dans un bar... La porte de Prisca obstinément close. Un type, dans un bistrot de nuit, à qui il avait voulu vendre la grille de la Cour des comptes... Un passage au *Rosebud*... Les petits tapins de la rue Delambre. Il y était... Mais fallait quand même qu'il fût dans un drôle d'état pour michetonner une fille.

Ladite fille souleva les paupières. Elle avait des yeux clairs mais durs et avisés de putain.

– Alors, chéri, ça va mieux? T'étais dans un drôle d'état cette nuit. Mais t'es gentil quand même. Tu m'as fait un beau cadeau... Mon nom, c'est Michèle... Tu te rappelles?

Se rappeler, Kervin vivait trop d'existences pour se souvenir d'une seule. Ce visage déjà fatigué mais où vivait encore quelque chose d'adolescent l'émouvait par ce qu'il devinait d'abjection et de déchéance. Elle lui rappelait Alix. Il rabattit davantage les draps.

– Eh bien, dit-il d'un air enjoué, ce n'est pas tout ça. Maintenant que nous avons refait connaissance, tu vas bien me tailler une petite pipe...

CHAPITRE IV

Le corps de Simon-le-Bônois fut découvert assez rapidement par un garçon de café habitant rue de la Grange-aux-Belles et qui rentrait chez lui vers une heure du matin.

Il crut d'abord avoir affaire à un clochard ou à un ivrogne et allait passer son chemin lorsqu'il perçut des râles et remarqua, sur le trottoir, des traces sanglantes. Alors il revint sur ses pas et appela la police depuis la cabine téléphonique de l'angle du quai.

En revanche, ce fut une patrouille de la police urbaine, circulant dans une voiture pie dans le périmètre de l'avenue du Maine, non loin de la tour Montparnasse, qui rencontra l'adolescente, totalement nue hormis ses baskets, des traînées de sang séché sur les cuisses, errant, transie de froid et à demi folle, dans la rue Antoine Bourdelle.

Terrorisée, elle prit la fuite devant les uniformes mais se jeta en sanglotant dans les bras du premier gardien qui la rattrapa.

– Il y a un mort, balbutia-t-elle au travers de ses larmes. Je l'ai vu... Il m'a violée, puis il a tiré des coups de pistolet... Il l'a tué... là-bas, dans le chantier...

Les policiers ne purent guère tirer autre chose de

la jeune fille, trop choquée pour être précise... Elle avait été attaquée, conduite dans un chantier, violée, et son agresseur avait tué un homme.

Tandis qu'ils conduisaient la jeune victime, enveloppée dans une couverture, à l'hôpital Necker, tout proche, le brigadier Goussot prévint par radio l'état-major de la police municipale qui alerta les diverses voitures circulant dans le secteur, qui aussitôt quadrillèrent le quartier. Pourtant, ce ne fut qu'une grande demi-heure plus tard, à la suite d'une communication téléphonique adressée au commissariat de la gare Montparnasse, et signalant des coups de feu du côté de l'impasse Vandamme, que les patrouilles volantes purent identifier le chantier et y trouver, effectivement, près d'une veste de fausse fourrure et des vêtements éparpillés sur un carré de terrain piétiné, le cadavre d'un homme, le gardien de l'entreprise de toute évidence, baignant dans une mare de sang.

*
**

Allongé à plat dos sur la literie douteuse, Kervin, entre ses paupières à demi fermées, lorgnait le sac à main de la petite pute, coincé entre le vase d'œillets et la cloison. « Un joli cadeau », avait-elle dit. Il fallait vraiment qu'il n'ait plus tout à fait la tête à lui... Kervin de Berceney... Le copain de Marcel-le-Mammouth, le rabatteur de la vieille Dounia, faire un « joli cadeau » à une chandelle de la rue Delambre!

Et il avait vraiment dû être généreux, parce qu'elle ne rechignait pas, la toute belle, et donnait un bel aperçu de son art... A cheval sur ses jambes, penchée au-dessus de son ventre, elle promenait doucement la pointe de ses seins sur sa peau, de chaque côté de son sexe tendu, sans le toucher, ce qui avait pour effet de le faire se tendre davantage... Oui... il allait en avoir pour son argent...

En définitive, cela l'amusait plutôt, d'avoir payé – et bien payé – cette fille. Cela allait non seulement lui mettre du cœur à l'ouvrage, mais encore lui donner confiance...

D'un coup d'œil exercé, elle avait jugé du résultat de ses agaceries et passait aux choses plus sérieuses, renfermant sa main aux ongles trop rouges sur la verge rigide, puis changeant de position, la prenait dans sa bouche tout en continuant d'étrangler à trois doigts la base de la hampe.

Sous la caresse conjuguée des lèvres qui l'engloutissaient, montant et descendant comme un fourreau mouvant, et de la main qui, accompagnant le mouvement de la bouche, glissait au même rythme avec une torsion lascive, Kervin avait l'impression d'être parcouru par un courant à haute tension. Il sentit son corps se tendre, ses jambes se raidir, à la limite de la crampe, et il laissa échapper un soupir d'aise.

La jeune femme accéléra son va-et-vient, poussant le phallus tressautant le long de son palais, presque jusqu'à la glotte, puis revenant doucement en arrière, sans le retirer d'entre ses lèvres, l'aspirait, le pompant comme pour en extraire, d'un coup, toute la sève, mais avec suffisamment d'habileté perverse pour le maintenir au bord de l'explosion.

Kervin sentait sa verge se gonfler de sang, comme si l'essentiel de son énergie vitale était passé dans son sexe. Il agrippa sa compagne aux tempes, la retenant, cherchant à ralentir un supplice dont il ne savait plus s'il désirait qu'il se terminât ou qu'il se poursuivît encore.

– Eh bien, ma jolie, haleta-t-il. C'est pas chez les bonnes sœurs que t'as appris à sucer comme ça...

La phrase se voulait gouailleuse mais au son

rauque de la voix, la fille comprit qu'il était temps d'en finir. Cela l'amusait toujours de voir la façon puérile dont ils s'acharnaient à vouloir cacher leurs émotions, sans se douter que cela ne trompait personne.

Elle fit un instant sortir la verge de sa bouche, mais sans cesser pourtant de titiller le méat à petits coups de langue pressés puis, brusquement, l'engloutit à nouveau.

Kervin eut un sursaut de tout le corps et songea que cette garce n'était peut-être qu'une garce, mais qu'au moins, elle, savait s'y prendre avec un homme.

Avertie par la crispation des doigts dans sa chevelure, par le sang qu'elle sentait battre plus tumultueusement au contact de ses lèvres, la fille accéléra sa succion jusqu'à ce qu'il se rendît, avec un grondement satisfait, puis, afin de parfaire son œuvre, avala à lentes gorgées la substance laiteuse qui, par jets, emplissait sa bouche.

Elle se redressa, satisfaite d'elle-même, repoussant sur son front une mèche de ses cheveux. Kervin, le souffle un peu court mais le visage éclairé, la considérait avec un si curieux sourire qu'elle baissa les yeux. Ses prunelles s'agrandirent.

D'ordinaire, après un tel traitement, les hommes, même les plus jeunes, avaient besoin d'un certain répit avant que de retrouver leur vigueur virile... Et beaucoup, même, ne la retrouvaient pas... Mais il fallait croire que ce client-là était d'une autre trempe. Loin d'être amoindri, son sexe, encore tout luisant de salive, se dressait contre son ventre, toujours aussi dur, toujours aussi ardent...

Elle ne put retenir un sifflement admiratif.

– Mais ma parole! C'est un os que tu as là!

Kervin, l'air faussement modeste, lui adressa un petit sourire.

– Je crois que je tiens ça de mon aïeul, dit-il. John Berceney... Il avait un ranch, au Texas, dans les années 1870. Des milliers et des milliers d'hectares... Des milliers de *longhorns.* Un vrai démon, paraît-il. Ses vachers l'avaient surnommé « the bull », le taureau... A quatre-vingts ans, il engrossait encore ses servantes cheyennes... C'est de lui que ma famille a tenu sa fortune. Tu ne vas pas me croire, mais sur un hectare ou deux, il y avait du pétrole. Mais mon grand-père, mon père ont tout dilapidé... Les chevaux, le jeu, les femmes.

Il eut un rire léger, continua :

– Alors, tu vois, moi, je suis obligé de travailler. Chercheur au CNRS... Je te donnerai ma carte. Tu pourras m'appeler, si tu veux. Au fait, tu es chez toi, ici ?

– Oui, dit la fille, un peu sur ses gardes. Pourquoi ?

Il cligna de l'œil.

– Parce qu'alors, tu ne dois pas être la seule, dans l'immeuble, à travailler en studio. Et tu as peut-être une copine...

Presque malgré elle, elle jeta un coup d'œil sur la virilité agressivement turgescente.

– Qui pourrait nous rejoindre ? C'est ça ?

– Exactement, chérie... J'aime bien avoir deux filles, surtout si elles s'entendent bien ensemble. Tu vois ce que je veux dire...

Elle hésitait.

– Parce que tu veux du spectacle, en plus... Tu donnerais combien ?

– Disons... Ce que je t'ai donné à toi... Plus un gentil bouquet, si vous êtes vraiment très gentilles.

Elle le considérait, se mordillant les lèvres. Elle

ne croyait pas beaucoup à ses histoires, mais ce qu'elle voyait la faisait réfléchir. Un gars généreux, avec une santé pareille, bien élevé en plus... Et puis, tout pouvait arriver. Elle connaissait une môme qui avait levé un Arabe, comme tous les Arabes, et qui lui avait donné un brillant navette gros comme le petit doigt... C'était un parent d'un émir.

– Oui, dit-elle, j'ai une copine. Francine... Elle habite au-dessous et je pense qu'elle est libre. Elle ne fait pas de coucher, d'habitude.

– Alors, va la chercher, chérie... Et demande-lui si elle a des cigarettes. Je n'en ai plus.

Elle sauta du lit, enfila un peignoir, des mules.

– Je reviens dans cinq minutes, chéri...

Elle revint très vite, effectivement.

– Ça y est, chéri, déclara-t-elle en poussant la porte. Francine va monter tout de...

Elle s'interrompit brusquement, blême de rage. Le lit était vide et il n'y avait plus, sur la chaise où ils avaient été jetés, le moindre vêtement masculin.

Elle jura.

– Merde! Le salaud!

Elle se précipita vers son sac. Le portefeuille où elle avait serré ses gains de la journée avait disparu. Sans réfléchir, elle se rua sur le palier. L'ascenseur était en bas... Elle jura encore.

– La tante! J'aurais dû m'en douter...

Comme une folle, elle dévala l'escalier, claquant la porte derrière elle. De derrière celle de la salle de bains, Kervin, rhabillé, entendit décroître, sur les marches, le claquement des mules.

Il se glissa dans la pièce, un sourire gamin au coin des lèvres et prit le temps, avant de sortir, de rafler un œillet dans le vase et de le piquer à sa boutonnière. Puis tranquillement, silencieusement, il monta vers les étages supérieurs pour attendre, sur le dernier palier, que cette pauvre idiote ait regagné ses pénates afin d'y remâcher sa rage.

Il se demandait si elle n'allait pas pleurer sa déconvenue dans les bras de son amie Francine et cette idée l'amusa fort.

« Dommage que je ne sois pas petite souris », se dit-il.

*
**

Dans le bureau du divisionnaire Charpin, dont les fenêtres donnaient sur le ciel gris de la place Dauphine, l'atmosphère, malgré la saison peu propice, était à l'orage.

Il y avait presque deux jours qu'une jeune fille avait été violentée et un homme abattu, à deux pas de la tour Montparnasse, et rien ne pouvait encore permettre de supposer que l'on puisse un jour identifier le maniaque assassin.

Pour le commissaire Pierre Griffon, cette situation prenait figure d'insulte personnelle et, depuis quarante-huit heures, il ne décolérait pas.

Veston déboutonné, un cigarillo éteint entre les dents, il arpentait à grands pas la moquette.

– Je sais ce que tu vas me dire, lança-t-il en direction de son vieux camarade tassé sur son fauteuil. Nous l'avons eu, notre crime de sang. Mais on est passé à côté de la plaque! Ce n'est pas une môme qu'il a tuée, ce dingue, mais un ouvrier portugais. Da Silva Ramos... En France depuis dix ans, père de famille... Abattu comme un lapin. Maintenant, on va avoir les syndicats et la presse sur le dos. Et la Criminelle dans les pattes!

Jamais très bons, les rapports entre les deux brigades s'étaient, depuis un temps, sérieusement détériorés...

Le divisionnaire Charpin, peut-être par contraste avec l'agitation du commissaire Griffon, affectait un calme olympien.

– Ne crois pas ça. Le juge t'a signé une nouvelle délégation, puisque ce meurtre est en évidente corrélation avec le dossier précédent. A la Crim' ils seront trop heureux de te laisser patauger... Mais il ne faudrait pas que cela dure trop longtemps... Où en êtes-vous?

Pierre Griffon haussa les épaules.

– Où veux-tu qu'on en soit! La gamine a été incapable de décrire son agresseur, sinon pour dire qu'il était jeune et assez beau garçon. Tu parles! En revanche, nous sommes certains qu'il s'agit bien de l'individu déjà recherché. Les empreintes de semelles, relevées sur le terrain, correspondent au moulage existant. D'après la longueur de la foulée, le gars devrait mesurer un peu plus d'un mètre soixante-quinze. On a également retrouvé deux étuis percutés, calibre 7,65, et la balle a été extraite du corps. Tout ça est au labo et on attend le résultat des expertises... Mais les 7,65, ça court les rues...

Il s'interrompit, comme si toute cette technicité lui paraissait inutile. Ses yeux gris avaient pris une teinte de brume.

– On ne sait jamais, dit Charpin, résolument optimiste, contre toute évidence.

Pierre Griffon haussa légèrement les épaules.

– Pour le reste, continua-t-il, Savary a relevé un détail dans les comptes rendus des précédentes agressions, et croit avoir localisé un club-disco où le maniaque aurait pu repérer deux de ses victimes. Une fille l'aurait plus ou moins reconnu sur le portrait-robot. Tout cela au conditionnel. A tout hasard, Savary s'est arrangé pour que l'on nous prévienne si le lascar se pointait de nouveau... Mais cela aussi me semble bien aléatoire...

– C'est avec des aléas que l'on boucle les enquêtes, dit Charpin, sentencieux. Au fait, tu as vu? Simon Mechoulem... Le Bônois... Un des anciens des équipes Zanoum... Il s'est fait sataner à coups de barre de fer, l'autre nuit, près du canal Saint-Martin. Il est mort pendant son transfert à l'hôpital...

– Qu'est-ce que j'en ai à foutre, du Bônois, grommela Griffon. De toute façon, ce n'est pas une grande perte.

Sur l'un des postes téléphoniques du bureau, une lumière verte clignota, signalant un appel intérieur. Le divisionnaire décrocha, écouta une seconde puis tendit l'appareil au commissaire.

– Pour toi, dit-il. C'est Leclerc...

Griffon porta le combiné à son oreille. La voix de Sophie lui parut moins posée qu'à l'accoutumée.

– Si vous pouvez passer, Patron... Je crois qu'il y a quelque chose d'intéressant.

– J'arrive, dit Griffon.

Paul Charpin le regardait.

– Qu'est-ce qui se passe? demanda-t-il.

Le regard du commissaire avait repris toute son acuité.

– Un aléa, je pense, dit-il.

*
**

Après avoir encore hésité une fraction de seconde, la jeune femme, les yeux baissés, fit passer son pull-over par-dessus sa tête, ébouriffant ses cheveux blonds dorés, et Kervin, un léger sourire aux lèvres, put vérifier qu'il ne s'était trompé sur aucun point.

D'abord elle ne portait rien sous son pull. Ensuite, les deux seins haut plantés qui venaient ainsi de voir le jour, bien fermes, bien ronds, avec une aréole un peu gonflée, d'un ocre pâle, et encore bronzés malgré les premiers brouillards d'automne, étaient sans le moindre défaut.

– Eh bien, dit-il d'un ton allègre, mais c'est très joli tout ça!

La jeune femme lui coula un regard en dessous et demeura immobile, assise au bord du divan aux draps entrouverts, les genoux joints et les mains crispées, comme si dévoiler sa poitrine à un inconnu lui avait fait franchir les limites de l'acceptable.

Kervin apprécia comme il convenait, car ce genre d'attitude était en réalité assez peu fréquente. A ce stade, beaucoup de filles se conduisaient soit comme des grues, soit comme si elles avaient un train à prendre, ce qui devait être bien souvent le cas.

Celle-ci acceptait mais conservait encore suffisamment de pudeur pour se montrer rétive. Kervin en était enchanté, les âmes pures étant toujours, non seulement les plus passionnées mais encore les plus malléables.

Marina, Irène, Béatrice, Véronique qui, dans un passé récent, s'étaient révélées les meilleurs éléments du harem de Dounia, tout au moins aussi longtemps qu'elles en avaient fait partie, étaient toutes des âmes pures. Il avait suffi de les faire rêver pour qu'elles suivent tout naturellement et de bon cœur la voie qu'il avait choisie pour elles... Et Kervin savait merveilleusement faire rêver les femmes...

Et dans ce cas d'espèce, faire rêver était facile... Lorsqu'une jolie fille habillée à Prisunic dérobe un foulard de prix et un parfum de luxe, les doux noms d'Hermès, de Vuitton ou de Guy Laroche ne peuvent que faire merveille s'ils sont placés au bon moment.

La jeune femme, visiblement surprise de sa retenue, le regardait toujours à la dérobée, puis porta la main à l'agrafe de sa jupe, qu'elle détacha avec une maladresse trahissant sa confusion.

Kervin jugea inopportun de la brusquer, mais ôta son veston – une cheviotte anglaise – et le jeta négligemment sur un fauteuil, puis s'approcha du divan.

Malgré les rideaux épais qui entretenaient dans la pièce une ombre propice et une atmosphère feutrée, une rumeur vague de circulation montait de la rue Joubert, comme si l'agitation de la ville refusait de se laisser oublier, même dans cette chambre discrète vouée aux amours adultères.

Kervin la rejoignit et elle ne bougea pas lorsqu'il fit descendre le curseur du zip de sa courte jupe, mais quand il entreprit de faire glisser le tissu bon marché sur ses hanches, elle se souleva imperceptiblement afin de lui faciliter la tâche.

D'un geste dégagé, il envoya la jupette rejoindre le veston. A présent, la jeune femme n'avait plus sur elle que ses bottes, un collant résille noir qu'elle portait sans slip, une alliance et un petit brillant, qui disaient assez le gentil mari à petit salaire. A son poignet, un bracelet fantaisie gravé d'un prénom : Agnès.

Le contraste de la résille sombre sur la peau doucement hâlée et surtout le renflement de la toison devinée à la jointure des cuisses étaient d'un érotisme piquant et Kervin augura bien de la suite des opérations. Il s'inclina légèrement et sourit. Il avait un sourire agréable et il le savait.

– Bonjour, Agnès, dit-il.

D'entendre son nom la fit brusquement sursauter, comme si elle sortait d'un songe, et son visage s'anima.

– Vous n'avez pas le droit! murmura-t-elle. Vous... vous êtes...

Il l'interrompit avec un rire léger et cette politesse un peu précieuse qu'il affectait souvent et qui était l'un de ses atouts dans une existence somme toute hasardeuse.

– Pour l'instant, je ne suis qu'un garçon qui vous trouve très belle, Agnès... Très séduisante... très désirable...

Elle poursuivait, tout d'une traite :

– Vous êtes un dégoûtant personnage! Un satyre! Vous devriez avoir honte de faire ce que vous faites! Vous allez me violer! Me violer!

Kervin la laissa dire. Les premières fois, il avait cru rassurant de protester. Maintenant, avec l'expérience, il ne les privait plus de leur petite tirade où, à chaque fois, revenait le mot « viol »... Comme si l'idée de se faire prendre de force était leur phantasme le plus cher... Comme si cela les innocentait d'un acte qu'elles allaient commettre en toute connaissance de cause et dont elles chercheraient, le plus souvent, à tirer le maximum de plaisir.

Comme il ne semblait pas pressé de prendre l'initiative, elle ne put retenir un léger mouvement d'impatience.

– J'ai froid, dit-elle.

Kervin plissa les yeux et sourit à nouveau. Elle s'énervait. Elles s'énervaient toutes à ce moment-là et la plupart, sans même en avoir conscience, commençaient à s'exciter. C'était un instant très agréable, qu'il prolongeait toujours un peu... Pas trop...

Il se pencha vers elle, la prit aux épaules et la fit doucement basculer en arrière sans qu'elle résistât, puis s'allongea à demi à côté d'elle, emprisonnant un de ses seins dans sa paume.

De nouveau, elle sursauta. Sa peau était douce, tiède, un peu moite. Du bout du doigt, il décrivit de petits cercles autour du mamelon, frôlant à peine l'aréole doucement granuleuse, et perçut nettement son frisson contenu.

Sans hâte, il poursuivit sa caresse, considérant avec la curiosité un peu blasée d'un entomologiste la petite pointe rose ocrée qui, petit à petit, s'érigeait, durcissait, devenait bourgeon tandis que la jeune femme ne pouvait tout à fait retenir un soupir.

Il la regarda et, pour la première fois, la tutoya d'un ton d'évidence.

– Tu vois, dit-il.

Sa technique de « drague » était d'une simplicité quasi biblique...

Il hantait les rayons dits « de luxe » des grands magasins, après s'être assuré de l'absence de l'inspecteur-maison, puis repérait les chapardeuses...

Naturellement, il avait ses critères. L'alliance, d'abord, puis l'âge, l'allure et la mise. Les vieilles « tireuses » qui enfouissaient de la passementerie ou des boîtes de conserve dans des cabas vastes comme la mer ne l'intéressaient pas. Les autres, il les suivait discrètement jusque sur le trottoir et les abordait.

– Un instant, madame, s'il vous plaît...

A partir de là, à part quelques menues variantes, le scénario était immuable. L'interpellée commençait d'abord par se rebeller. Aujourd'hui, par exemple, la jeune Agnès l'avait pris de haut.

– Vous voulez bien me laisser tranquille! Si vous continuez, j'appelle un agent!

C'était une réaction classique, et Kervin ne s'était pas démonté, au contraire.

– Ce serait une excellente idée, cela accélérerait la procédure!

– Quelle procédure? Je ne vois pas...

Il l'avait toisée, mais sans ironie.

– Oh que si, vous voyez très bien... Le grand flacon de Prélude de Balenciaga et le foulard bleu de Christian Dior... J'ai l'impression que vous avez oublié d'en régler le prix à la caisse du magasin.

Il n'avait jamais besoin d'en dire davantage. Dès cet instant, la situation changeait. La jeune femme rougissait ou pâlissait selon son tempérament. De toute façon, elle perdait contenance. C'était en général à ce moment qu'elle le regardait vraiment. L'image qu'il donnait, celle d'un joli garçon de moins de vingt-cinq ans, correctement vêtu et d'un physique plutôt agréable, les rassurait toujours un peu.

Quelques-unes pleurnichaient. D'autres parlaient d'oubli, de distraction. Toutes proposaient de restituer la marchandise mais aucune – et cela le surprenait toujours – ne mettait en doute une qualité dont il se gardait bien de se prévaloir.

Lui se contentait de leur donner un conseil.

– Faites votre proposition à la Direction du magasin... Personnellement, je souhaiterais qu'elle accepte, vous êtes si jeune... si jolie... Malheureusement, il y a tellement de vols, actuellement...

Le mot « vol » gardait, lui aussi, sa résonance et accentuait la panique. A ce point, on avançait les bébés, les maris... Toutes, à les entendre, avaient des époux d'une grande rectitude morale, occupant des situations que le moindre scandale pouvait mettre en péril, et Kervin en arrivait à se persuader que tous les jeunes magistrats, officiers, chirurgiens, cadres supérieurs et chefs d'entreprise avaient unanimement choisi de convoler avec des kleptomanes.

Il haussait alors les épaules et, sans sembler vouloir entendre les dernières supplications, saisissait fermement un poignet qui tremblait un peu.

Vers les années 60 – car cette sorte de combine n'était pas nouvelle – ceux qui la pratiquaient devaient presque toujours, pour conduire les belles indélicates jusqu'au plus proche hôtel, user, au moindre mot, de menaces ou de chantage.

– Ecoute, ma petite... On peut encore s'arranger... On passe un petit moment ensemble ou bien tu te retrouves ce soir chez les flics!

Aujourd'hui, conséquence de l'évolution des mœurs, c'était en général les jeunes « délinquantes » qui faisaient elles-mêmes le premier pas.

Ainsi pour Agnès. Elle avait murmuré, sans le regarder :

– D'accord, j'ai fait une bêtise... Cela arrive à tout le monde... Vous pourriez être un peu... compréhensif...

Kervin avait feint de mal interpréter ses paroles.

– Je ne saurais accepter d'argent.

La réponse, quoique brève, laissait malgré tout la porte ouverte à la discussion, et la jeune femme l'avait parfaitement compris. Elle avait eu un petit rire forcé.

– Je ne parlais pas d'argent! Si j'en avais eu, je ne me serais pas amusée à ça... Mais...

Elle avait quand même un peu hésité à s'offrir et, comme il se taisait, avait dû préciser, d'un ton à peine audible :

– Je ne suis pas trop vilaine... Je pourrais peut-être essayer de vous faire oublier...

Elle avait posé sur son sac trop gonflé un regard explicite et il lui avait pris le bras, tout en lui adressant son plus séduisant sourire.

– Puisque vous me le proposez si gentiment... Je ne suis pas un ogre, vous savez!

Elle s'en rendait compte, à présent, comme elle se rendait compte, avec une certaine stupéfaction, qu'il n'était ni brutal ni spécialement égoïste, car après l'avoir doucement débarrassée de son collant résille et de ses bottes, il avait, au lieu de la posséder sur-le-champ ainsi qu'elle s'y était attendue, fait glisser ses lèvres de ses seins à son ventre avant que d'encadrer son visage dans la fourche de ses cuisses.

Le geste l'avait tellement surprise qu'elle n'avait pu s'empêcher de protester, sachant à l'avance que cette caresse dont elle raffolait allait avoir raison d'elle. Elle avait supplié, la gorge sèche, comme s'il avait outrepassé les limites d'un marché dans lequel son plaisir à elle ne pouvait être inclus.

– Non, ne faites pas cela! Je vous en prie! Vous ne pouvez pas!

Kervin avait relevé légèrement la tête.

– Pourquoi? Cela vous déplaît à ce point?

Le voussoiement, la courtoisie du ton, le souffle sur sa peau et l'évidence de se sentir déjà trempée et prête à l'amour lui firent perdre la tête et elle s'entendit avouer d'une voix mourante qu'au contraire elle aimait beaucoup, sans même se rendre compte des mots qu'elle prononçait.

Un peu démoniaque, Kervin se plut à la faire languir, séparant seulement de ses deux pouces les lèvres de son sexe pour découvrir un vallon ruisselant et rose à la crête duquel tremblait une perle luisante.

Elle n'y tint plus et gémit, les nerfs à vif.

– Mais faites-le, espèce de sauvage! Faites-le donc!

Kervin obtempéra.

Rares étaient les filles qui n'appréciaient pas ce prélude, cette stimulation du corps et de l'esprit, surtout celles qu'un premier orgasme n'amenait pas toujours à la plénitude... Il s'enfouit dans le buisson touffu, excité à son tour par la chaude odeur féminine montant à ses narines.

Lorsqu'une langue à la fois large et pointue, dure

et douce s'enfonça dans sa chair et vint recouvrir son clitoris tendu, Agnès sut qu'elle allait jouir très vite et plus violemment qu'au creux du lit conjugal ou même entre les bras de ses rares amants. Elle cria presque :

– Oui, comme ça... oui...

Kervin était enchanté de son choix. Cette petite était à la fois spontanée et sensuelle... Cela comptait beaucoup pour la clientèle de Dounia. Des raffinés, lassés de la pute banale, du « petit tramway de Shangaï » ou du « poireau de Montreuil »... Eux savaient apprécier le charme discret de la jeune bourgeoise qui, au creux de l'après-midi, s'abandonnait autant pour améliorer les ressources du ménage que pour pallier les insuffisances d'un époux surmené. De toute façon, Dounia savait merveilleusement faire valoir sa marchandise...

– ... Ne la brusquez pas, mon cher, s'il vous plaît. C'est la première fois qu'elle vient ici... Et nous serions tellement fâchés de la perdre...

Il sentait, tandis que sa langue vibrait sur le clitoris adouci de salive, durcir les muscles de son ventre, trembler ses cuisses, son sexe se gorger d'une lave épaisse et tiède.

Elle crispait ses doigts dans ses cheveux ondés, plaquant plus étroitement son visage contre son corps. Elle haletait, rejetant rythmiquement l'air de sa poitrine avec une sorte de cri rauque qui montait dans le silence, de plus en plus fort, râle qui semblait ne jamais devoir finir...

Puis elle clama qu'elle jouissait, qu'elle n'en pouvait plus et qu'elle allait mourir...

Alors Kervin changea de position et s'enfonça profondément en elle.

CHAPITRE V

– Alors, demanda le commissaire Griffon. De quoi retourne-t-il? Vous m'avez l'air excités comme des poux.

Il avait fait irruption dans le bureau commun du service, au bout d'un long couloir, au troisième étage du 36, quai des Orfèvres, où l'attendait son équipe au complet, avec la légèreté d'un buffle dans une rizière... Cachant mal son impatience, car il connaissait assez Sophie Leclerc pour être certain qu'elle ne l'avait pas dérangé pour une broutille.

D'un geste, Alex Gribovitch désigna un sac de plastique, dûment étiqueté, posé sur le bureau.

– On vient de nous faire porter ça du quart du boulevard Garibaldi... Des ouvriers l'ont trouvé sur le chantier de la rue Vandamme, au milieu d'un tas de poutrelles, et le chef des travaux a pensé que ça pouvait avoir un rapport avec les événements de l'autre nuit. Pour les gars du commissariat, c'est une pièce à conviction.

Pierre Griffon regardait sans y toucher le sachet scellé par un collant portant une signature.

– Ouais, dit-il. Et qu'est-ce que c'est?

– Une cassette-vidéo, Patron... Comme personne ne l'a apportée sur le chantier, c'est sans doute l'assassin du gardien qui l'a perdue dans sa fuite... Il paraît qu'il ne faut pas compter sur les empreintes parce que les gars l'ont tripotée avec des doigts pleins de glaise avant de la donner au chef. Mais on vous a quand même attendu pour l'ouvrir.

Griffon haussa les épaules, grogna :

– Vous vous attachez au protocole, maintenant? Vous êtes en progrès. Faites-moi voir ça.

D'un coup de son « Buck », un couteau de poche extra-plat qu'il avait ramené d'Hollywood et dont il se montrait très fier, Lionel Savary éventra le plastique et en tira une boîte grise, rectangulaire, maculée de boue.

– Pas un film pré-enregistré, commenta le commissaire... Juste une cassette vendue vierge pour l'usage privé... D'une marque archi-courante, que l'on peut se procurer n'importe où. Et rien ne dit que ce soit bien notre maniaque-assassin qui l'a perdue... Il passe pas mal de monde sur les chantiers... Des entrepreneurs, des architectes... Vous allez quand même m'envoyer le boîtier au labo, à tout hasard. Quant à la cassette, c'est un plastique granuleux... Pas la peine d'espérer une empreinte là-dessus. Vous allez pouvoir vous amuser à la visionner, à condition qu'elle ait été enregistrée. Mais si vous voulez mon avis, ce machin-là ne nous mènera nulle part. Vous avez pris vos désirs pour des réalités!

– En tout cas, remarqua Sophie Leclerc d'un petit ton pincé, il y a quelque chose d'inscrit sur l'étiquette et vous ne l'avez pas vu.

Pierre Griffon fronça les sourcils. Sa vue n'était plus aussi bonne qu'autrefois mais il avait la coquetterie des lunettes. Il prit la cassette entre deux kleenex, la posa sur le chant et plaça sur le bout de son nez une paire de « demi-lunes » à monture dorée.

L'inscription était presque invisible. Elle consistait en un seul mot, tracé avec un crayon à mine dure qui avait moins marqué le papier qu'il ne l'avait griffé.

Le commissaire orienta la lampe de bureau et recula un peu la tête.

– On dirait un prénom, dit-il. Kervin...

*
**

Agenouillée, la tête entre les bras et mordant les draps du divan de la chambre d'hôtel où le jour déclinait, la jeune femme, en pleine déroute, continuait à geindre son plaisir.

Arc-bouté au-dessus d'elle, une main plaquée au creux de son dos pour lui faire tendre davantage la croupe, Kervin, après avoir une première fois usé normalement de son corps, avait entrepris de la sodomiser.

Très vite, malgré les protestations indignées de sa victime, il s'était aperçu que cette voie, où il s'était introduit sans effort, avait dû être si souvent défrichée qu'elle était devenue le meilleur chemin de sa sensualité. Satisfait de sa découverte, il en abusait sans vergogne, accélérant ou retardant le va-et-vient qui l'enfonçait dans ce conduit trop docile, dont les contractions arythmiques le serraient comme dans un étau brûlant.

Parfois, pour entendre sa compagne gémir de dépit, il se reculait un peu, jusqu'à presque extraire de son corps sa verge longue, puis s'enfonçait de nouveau, si violemment qu'elle s'affaissait davantage, sans pouvoir retenir un hurlement délivré.

Venant en contrepoint de la chambre voisine, à travers la cloison trop mince, répondaient les cris aigus d'une femme en délire et Kervin se plaisait à cet accompagnement qui, pour lui, accentuait le côté dérisoire des choses de l'amour et, d'une certaine façon, de l'existence même.

Les menaces de Hocine-le-Grêlé l'avaient chagriné quelques jours, puis son insouciance naturelle, son inconscience plutôt avait pris le dessus. Il lui suffisait d'éviter les endroits où il était trop connu pour se soustraire aux mauvaises rencontres... et procurer à Dounia quelques petits sujets agréables pour se refaire des finances. Il ne put s'empêcher de sourire. Côté « petit sujet agréable », la dénommée Agnès semblait parfaitement convenir...

Elle n'arrêtait plus de gémir, emportée par les spasmes qui la ravageaient, et jouissait sans arrêt comme il lui semblait qu'il était impossible de jouir.

Kervin, peu à peu, se laissait entraîner par cet égarement, partagé entre la tentation de l'orgasme et le désir de l'amener, à force de volupté, à ce point de non-résistance où la lassitude heureuse de son corps, la totale satisfaction de ses sens annihileraient jusqu'au dernier de ses scrupules.

Il finit par se laisser aller, lorsqu'il devina, à ses râles étouffés et aux moindres réactions de sa chair, qu'elle était parvenue aux limites extrêmes de son plaisir, au-delà desquelles aucune sensation ne pourrait plus l'atteindre, et l'inonda du flot de sa semence en grognant comme une bête assouvie.

Lorsqu'elle émergea de l'abîme où il l'avait conduite, elle leva vers lui son visage éreinté, dans lequel ses lèvres gonflées et ses yeux mouillés trahissaient à la fois la volupté comblée, le désarroi et une hypocrisie sereine.

– Vous m'avez fait des choses horribles, murmura-t-elle. Horribles... Maintenant, il faut que je m'en aille...

Kervin lui adressa un sourire complice, qu'elle ne

put s'empêcher de lui rendre et il la laissa se revêtir sans rien dire. Le poisson avait suffisamment été appâté. Le ferrer ne poserait plus de problèmes.

Ce fut d'ailleurs la jeune femme qui lui tendit la perche, tandis qu'elle se recoiffait devant la glace, en lui lançant, comme pour se moquer d'elle-même :

– Quand je pense que vous êtes une sorte de flic !

Tout de suite, Kervin joua la surprise.

– Un flic ! Où as-tu été chercher ça !

Les paupières d'Agnès battirent.

– Mais... Vous m'avez bien dit... que vous étiez inspecteur du magasin.

– Moi ! – Kervin se récriait en riant. – Jamais de la vie ! Je t'ai simplement fait remarquer que tu avais « oublié » de régler un foulard et du parfum... Juste pour lier connaissance !

Elle n'osait réaliser et ses prunelles s'agrandirent.

– Mais alors, balbutia-t-elle. Alors...

Il l'interrompit d'un geste apaisant et d'un sourire charmeur.

– Alors, nous avons fait connaissance. Et c'est sans doute une chance pour toi. Parce que tu risques gros avec le vol à l'étalage. Oh, je sais, c'est tentant lorsqu'on est comme toi, jeune, jolie, coquette et fauchée... Mais il y a des façons moins dangereuses de pouvoir s'offrir de jolies choses... ses moindres fantaisies...

Elle devait commencer à comprendre. Deux plaques rouges marquèrent ses joues.

– En faisant le tapin, dit-elle d'une voix blanche. C'est ça ?

Kervin fit la moue. Bien sûr, à ce niveau, il y avait souvent un moment difficile, mais là, elle en remettait un peu, après tant d'abandon.

– Le tapin, répéta-t-il d'un ton de gronderie amicale. Que vas-tu chercher là, chérie? Ai-je l'air d'un maquereau?

Il tendit le bras et tira une carte de visite d'une poche de sa veste.

– Je me présente, dit-il. Jean Berceney de Kervin... Talent-scout...

Interloquée, la jeune femme prit la carte, y jeta un regard et, machinalement, la glissa dans son sac, ce que Kervin jugea du meilleur augure.

– Talent-scout, répéta-t-elle d'un ton incertain. C'est une sorte d'imprésario, non? Pour le cinéma... les films pornos...

Kervin sourit de son ingénuité. Le moment était venu de placer la tirade qui, immanquablement, enlevait le morceau. Il commença, assuré et persuasif :

– Les films, chérie, bien sûr, cela peut se faire, j'ai les contacts, mais il y a plus intéressant, moins contraignant. Je m'explique : Paris est plein de jeunes femmes adorables, intelligentes, désirables et ardentes – comme toi – qui, faute d'avoir réalisé l'union de leur rêve, ne peuvent, elles-mêmes, trouver le moyen de sortir de la médiocrité et s'assurer l'existence agréable à laquelle elles ont droit... Par exemple, rencontrer, quelques après-midi par semaine, des hommes épris de beauté qui, dans un cadre raffiné, une atmosphère intime et détendue, sauraient récompenser généreusement les moments de plaisir passés en leur compagnie... J'ai justement une amie très chère, Dounia, qui...

La jeune femme avait écouté sans rien dire et, sur son visage, la rougeur avait fait place à une pâleur de cire. Kervin, subjugué par son propre bagout, ne le remarqua pas. La gifle l'atteignit en plein visage, si forte et bien appliquée que sa tête oscilla.

– Salaud! – La jeune femme, comme en proie à

une colère hystérique, hurlait sur un mode suraigu
– Salaud! J'aurais dû m'en douter! Mais je ne suis pas une putain! Non! Pas une putain! J'aimerais vous tuer! Vous écraser comme... comme...

Emportée par une rage proche de la démence, elle regardait autour d'elle et finalement balaya la lampe de chevet qui se fracassa sur le plancher puis se rua vers la porte qu'elle claqua derrière elle, après avoir lancé une dernière insulte.

Ahuri, Kervin frottait machinalement son visage cuisant.

– La garce, murmura-t-il, incrédule devant sa mauvaise chance. Elle m'a bien fait perdre mon temps...

A peine exprimée, cette réflexion le fit rire. En définitive, il avait passé un excellent après-midi pour le simple prix d'une chambre d'hôtel. A peine davantage que pour voir un mauvais film. Et demain, les choses se présenteraient sans doute mieux.

Pourtant, cette scène lui laissait une impression pénible, sans qu'il réalisât nettement pourquoi. Comme s'il s'était hasardé dans un labyrinthe dont chaque issue se révélait être un cul-de-sac. Des souvenirs inopportuns l'assaillaient, qu'il devait faire effort pour repousser dans sa mémoire, alors qu'ils se dissipaient d'habitude avec la facilité d'un brouillard matinal... Quelque chose d'embusqué le guettait et en même temps, l'univers qu'il s'était créé cédait doucement sous ses pas comme un sable mouvant.

– Balivernes, murmura-t-il. Un Berceney ne s'arrête pas à des balivernes...

Il ne pouvait pas s'attarder et quitta la chambre. La rue lui parut moins accueillante qu'à l'accoutumée. Un peu morose, il songea à la fille qui lui avait sottement échappé. « Dommage pour Dounia, se dit-il, et pour ses clients. Cette petite salope baisait à ravir »...

Il marchait droit devant lui, sans but, porté vers l'Opéra par le courant des passants... Estelle travaillait par là, dans une banque. Il décida d'aller l'attendre... Estelle... Elle était jolie fille et il avait de l'influence sur elle... Dans son bureau, elle gagnait des clopinettes. Deux fois moins que ce qu'elle pourrait se faire chez Dounia, deux après-midi par semaine... Philippe, son mari, s'en foutait, du moment qu'elle rapportait l'argent à la maison. Oui... Il était presque sûr de la décider et cela lui rapporterait cinq mille francs...

Le concept était séduisant. Il le repoussa. A la réflexion, l'idée de vendre Estelle pour cinq mille francs lui était curieusement insupportable.

– Il y a quand même des choses qu'un Berceney ne fait pas, dit-il tout haut. Ce serait trop facile de devenir riche.

*
**

Seul dans son box, dans le bureau déserté, le commissaire Pierre Griffon bâilla bruyamment.

La crampe qui lui tordait l'estomac lui rappela qu'il avait « oublié » de déjeuner. Il songea à appeler le planton pour se faire monter un sandwich et une bière, mais il y renonça, comme il renonça à une part de tarte Tatin et à un cigare avec Loulou, au bar des *Agapes*, de l'autre côté de la Seine.

Il bâilla encore. Là, seul dans le silence, il se sentait terriblement inutile et cette impression, inhabituelle chez lui, l'engluait dans une sorte d'abattement qui le troublait.

... Un maniaque, maintenant assassin, courait la ville, inconnu au milieu de millions d'inconnus... Introuvable...

Pour tous les flics – il songeait aux gens de Scotland Yard qu'il avait eu l'occasion de connaître (1) et qu'un sadique éventreur avait tenu plus de cinq années en échec – pour tous les flics, c'était le cas limite, devant lequel s'enrayait l'énorme appareil de la police moderne... L'homme seul défiant les tabous et les lois.

Certains en crevaient d'orgueil et, par cela même, finissaient par se faire prendre. D'autres demeuraient à jamais impunis.

Pierre Griffon saisit un cigarillo dans sa boîte, le considéra un instant sans le voir et l'écrasa entre ses gros doigts de paysan.

Il dirigeait une équipe efficace, qui avait la réputation de parfaitement connaître le Paris de la nuit et de ne pas trop s'embarrasser des contingences officielles... Sophie Leclerc, le meilleur « chef d'état-major » qu'il eut jamais... Lionel Savary, capable de tout, et même du pire... Alex Gribovitch, avec son intelligence retorse et sa cohorte d'indicateurs douteux...

Devant cet ectoplasme, sans nom, sans visage, l'assemblage de toutes ces qualités, et de tous ces défauts, ne servait strictement à rien.

Il se leva et alla coller son front contre la vitre. Au-dessus de la rue de Harlay, un nuage de pigeons tourbillonnait.

– Une croûte de pain derrière une malle, dit-il. Voilà ce que je suis, moi...

***

La musique de fond – une symphonie de Mahler –, un peu poussée sur les graves, couvrait presque les paroles murmurées.

(1) Voir *Les diablesses de Soho*, nº 13 de la collection.

– Caresse-toi, chérie... Je suis certain que tu en as envie.

La très jeune femme assise sur ce qui semblait être une fourrure blanche tourna son fin profil vers son compagnon, à demi allongé derrière elle et qui la soutenait tendrement d'un bras passé autour de son corps.

Elle n'avait sans doute guère beaucoup plus de vingt ans, des cheveux bruns mi-longs, un regard innocent, des épaules rondes et une posture très naturellement indécente. Le peu qu'elle portait – des bas noirs à baguettes et une ceinture de jarretelles en dentelle – la faisait paraître plus que nue et mettait coquinement en valeur le mystère touffu de son pubis au centre de ses cuisses écartées.

Les paupières battantes sur ses yeux cernés, un léger sourire accroché aux lèvres, elle chuchota, à la fois hésitante et languide :

– Oh non, chéri! Pas comme ça!

Le garçon se pencha légèrement. Lui aussi était jeune, avec un beau visage et des cheveux drus. Il fit glisser sa main sur le torse de la jeune femme et caressa un de ses seins pour en faire saillir la pointe, puis lui saisit le poignet afin de l'approcher de son ventre et son geste, une fraction de seconde, fit briller l'or d'une alliance.

La voix un peu plus rauque, il insistait :

– Si! Fais-le! Tu sais bien que cela m'excite!

– Non, répétait la jeune femme. Non... J'ai honte.

Le plan, qui jusqu'alors était assez serré sur les personnages, s'élargit pour mieux montrer le simulacre de lutte qui, quelques secondes, opposa le garçon à sa compagne, avant que celle-ci ne consentît à lui obéir. Lutte bien faite pour révéler au mieux la souplesse du joli corps et la finesse élégante des jambes.

Puis, tandis que la jeune femme, vaincue, se laissait aller sur l'épaule du garçon, le visage renversé, les paupières closes mais la bouche entrouverte, l'image, progressivement, se referma pour se stabiliser sur un sexe rose, aux lèvres légèrement disjointes entre lesquelles vint se poser, d'un mouvement un peu hésitant, un doigt à l'ongle court qui bientôt se fixa sur l'excroissance luisante du clitoris.

Guidé par la main du garçon, qui l'obligeait à appuyer plus fermement, ce doigt écarta davantage la chair pour enfin commencer un ballet léger, tressaillant, vibrant, d'un mouvement presque imperceptible, haut sur le sexe humide dont on distinguait la profondeur mauve.

D'un coup de doigt sur le poussoir du boîtier de télé-commande, l'inspecteur Alex Gribovitch interrompit une seconde la projection, fit retourner la bande en arrière pour l'immobiliser sur une image du plan général montrant une partie du décor... Un vaste canapé-lit, recouvert d'une couverture aux longues mèches de laine blanche, un angle de cloison recouverte d'un enduit clair, un rayonnage-bibliothèque parfaitement anonyme, du moins au premier coup d'œil, devant lequel le garçon, tenant sa partenaire à pleins bras, s'efforçait de vaincre une résistance assez bien imitée et de lui ouvrir les jambes davantage.

Gribovitch fronçait les sourcils.

– Dis-donc, murmura-t-il, mais j'ai bien l'impression que cette fille me dit quelque chose.

L'inspecteur Lionel Savary, assis près de lui, eut un petit rire.

– Eh bien, à moi aussi, coco... Cette petite salope brune me dirait bien quelque chose...

Dans cette pièce discrète, attenant aux locaux de

la Brigade, des générations de flics, fulminants ou rigolards, avaient visionné – en vue de protéger les bonnes mœurs – plus de films obscènes que n'en aurait pu rêver un directeur d'Eros Center.

A l'occasion, les hommes du commissaire Griffon y examinaient quelques « baby-pornos », seul domaine que les lois actuelles osaient encore sanctionner ou, comme aujourd'hui, une pièce susceptible d'apporter un élément nouveau dans une enquête en cours.

Et il faut bien dire que Gribo et Lionel avaient été assez surpris, en dévidant la cassette trouvée sur le chantier de la rue Vandamme, de tomber sur une bande pornographique... Le plus surprenant était que ce n'était pas une bande commerciale, louée dans un sex-shop, mais bel et bien des ébats privés, filmés par des particuliers.

– Je ne te parle pas de cette fille-là, coco, murmura Gribovitch, mais de l'autre, la plus jeune... Une seconde, tu veux...

Il enclencha la commande de marche arrière, stabilisa de nouveau les images, retrouvant la scène un peu plus haut, alors que la blonde en tee-shirt blanc, agenouillée, la tête dans ses bras et les cuisses largement écartées, subissait l'assaut du jeune homme au beau visage, tandis que sa jeune compagne, vêtue de son tailleur brun, une main – au doigt de laquelle brillait une alliance – posée sur la fesse de sa compagne, la langue légèrement pointée entre ses lèvres, semblait fascinée par le mouvement de piston du sexe masculin qui, régulièrement, allait et venait dans la chair ouverte.

– Des particuliers, murmura Gribovitch. Des amateurs, ça c'est sûr... Ce côté impromptu... très différent des productions bâclées du commerce... Il n'empêche que cette petite blonde est une professionnelle. J'ai déjà vu cette frimousse-là quelque part... Dans un strip intégral ou dans un live-show... Ça, j'en piétinerais ma calotte!

Lionel Savary avait tant de fois entendu proférer la menace – comme l'intention du commissaire de bouffer son sous-cul – qu'il n'en fut pas autrement alarmé. Il haussa les épaules.

– Tu sais que ça se loue, les professionnelles, coco... Pour agrémenter une soirée intime... on peut bien te faire du strip à domicile.

Gribovitch triturait son long nez de tapir, signe chez lui d'une intense réflexion.

– Le problème, grommela-t-il, c'est qu'on en voit tellement de ces mômes – Gribovitch accompagnait fréquemment ses collègues de la Brigade dans leurs tournées dites « des cabarets » – que l'on ne peut pas toujours être vraiment sûr.

Il laissa la phrase en suspens et Lionel le considéra avec une surprise incrédule, car Gribo avait la réputation, souvent justifiée, de ne jamais oublier un visage.

– Comment, coco, railla-t-il. Tu ne vas quand même pas me dire que tu as déjà rencontré cette petite sans pouvoir me donner son nom, son adresse, son poids et son tour de poitrine... Tu baisses, coco...

Gribo lui lança un regard piteux.

– C'est pourtant à peu près ça, coco... Cette fille doit passer de temps en temps dans des petites boîtes. Des trucs un peu confidentiels. Mais à partir de là, j'avoue que j'ai le trou noir. Tu m'en vois vexé comme un rat sans queue.

– Si ça peut t'arranger, proposa Lionel, je pourrais faire le tour de toutes les boîtes de strip.

– Demande au père Griffon, coco. Pour moi, je crois que je vais plutôt aller consulter nos petites archives.

*
**

La jeune femme se présenta au commissariat de la Chaussée d'Antin dans un état de fébrilité proche de la crise de nerfs.

S'adressant directement à l'hôtesse préposée aux renseignements, elle s'enquit s'il existait des inspecteurs femmes, « parce qu'il y a des cas où on préfère avoir affaire à une doctoresse qu'à un médecin ».

Sur sa réponse affirmative, elle demanda à avoir un entretien avec l'une d'elles « pour une déposition ».

Bien qu'elle parût fort excitée ou plutôt, comme il fut noté sur la main-courante, « visiblement sous le coup d'une émotion violente », la visiteuse ne semblait pas présenter de troubles éthyliques ou mentaux et fut dirigée vers le bureau de Mathilde Benoist, inspecteur attaché à la « voie publique ».

Là, la jeune femme déclara se nommer Agnès Gerlot, avoir vingt-quatre ans, être mariée, demeurant à Asnières. Puis elle sortit de son sac et déposa sur le bureau de l'inspecteur un flacon de parfum Balenciaga et un foulard de Christian Dior, précisant qu'elle avait dérobé le tout dans un grand magasin du quartier, qu'elle le reconnaissait et était prête à subir les conséquences de son acte.

Cela fait, elle eut une brève crise de larmes et rapporta qu'elle avait été arrêtée dans la rue par un soi-disant inspecteur dudit magasin qui, profitant de son désarroi et après un chantage moral aisé à deviner, l'avait conduite dans une chambre d'hôtel où, après l'avoir obligée à subir, à plusieurs reprises, des violences sexuelles, avait voulu la contraindre, toujours sous la menace de chantage, à tourner des films pornographiques et à se livrer, pour son compte, à la prostitution.

– Si je vous le racontais, vous auriez du mal à croire tout ce qu'il a pu me faire, ce type. Une vraie bête... Pas mal, en plus, et jeune! Il a même eu le culot de me donner sa carte de visite. La voilà... Avec ça, j'espère que vous allez pouvoir le retrouver. Je suis prête à témoigner. Vous pouvez m'arrêter pour vol, je m'en fous! Ce que je veux, c'est que vous coinciez ce salaud! Il y a des choses qu'on ne fait pas à une femme!

L'inspecteur Benoist enregistra la déposition et nota soigneusement, bien que sans grandes illusions, les indications portées sur la carte :

« Jean Berceney de Kervin. Agent théâtral. Place Sainte Dévote. Monte-Carlo ».

⁂

Pour l'inspecteur Alex Gribovitch, la journée prenait des allures de Bérésina.

Non seulement les spécialistes du fichier électronique n'avaient pu extraire des entrailles de leurs ordinateurs que deux « Kervin » – l'un, Noir américain, abattu dans un règlement de comptes rue Pigalle, l'autre, un hobereau du Sud-Ouest, meurtrier de sa « servante-maîtresse » –, mais encore les « dossiers réservés » n'avaient pu réussir à réactiver sa mémoire.

Il enrageait. A force d'y concentrer sa pensée, le visage de « cette petite salope blonde » semblait lui devenir de plus en plus familier et pourtant les circonstances précises dans lesquelles il avait dû le remarquer lui échappaient comme l'eau échappe aux doigts d'un enfant.

Il avait eu beau consulter des dizaines et des dizaines de dossiers confidentiels, examiner des dizaines et des dizaines de photographies, collationnées par les « inspecteurs des cabarets », qui toutes représentaient, parfois dans le plus simple appareil, de jeunes et jolies filles vivant de la présentation publique – et parfois privée – de charmes certains, il n'avait pu retrouver le corps frêle, les seins pointus, les lèvres boudeuses dans un mince visage triangulaire dont l'image le hantait.

... « Une étoile filante, se disait-il. Une fille qui a dû faire quelques cachets dans un moment de dèche et qui a arrêté... C'est bien ma veine. »

Il songeait que ce genre de recherche n'aboutirait pas et, dans son cerveau fertile, naissait l'idée d'une autre manière d'aborder le problème.

– Un gambit, murmura-t-il. Faire permuter les pièces du jeu...

Il n'ignorait pas qu'il existait dans Paris un petit trafic clandestin de cassettes-pornos, tournées, pour améliorer leurs fins de mois, par de jeunes couples, bien souvent légitimement mariés, et commercialisées, sous le manteau, par quelques réseaux underground.

Naturellement, c'était une activité essentiellement marginale, échappant à tout contrôle, et ceux qui s'y livraient ne figuraient, en principe, sur aucun fichier.

Imaginer que la cassette tombée entre leurs mains ait pu être destinée à cet usage et que le trio qui l'avait réalisée ait pu en avoir exécuté d'autres, était une hypothèse bien ténue. Pourtant, dans l'impasse où ils se trouvaient, elle ne pouvait être totalement négligée.

– Les pirates, murmura-t-il entre ses dents, ça ne doit pas tellement plaire aux commerçants réguliers... Il va falloir mettre Sophie là-dessus.

*
**

Dans son box particulier du bureau attribué au

« commando Griffon » – quelques mètres carrés cernés de cloisons légères d'un gris terne, mais égayé d'un bouquet de « tokyos » éclatants – l'inspecteur Sophie Leclerc, le « plus beau fleuron de la Police des Mœurs », d'après ses collègues, fixait d'un regard morose une liste de noms, dont la plupart étaient déjà cochés.

Lorsqu'Alex Gribovitch passa sa tête par l'entrebâillement de la porte, elle leva à peine les yeux.

– Je sais ce que tu vas me demander, dit-elle. Eh bien, cela avance sans avancer.

L'ambiguïté de la phrase surprit Gribo d'autant plus que Sophie, douée d'un excellent esprit de synthèse, avait coutume de traduire en données simples les imbroglios les plus complexes.

– Explique-toi, dit-il. Parce que ça ne m'avance pas!

– Eh bien – Sophie le fixait maintenant de ses yeux calmes. Eh bien, j'ai appelé la plupart des distributeurs de vidéo X... Ces gens-là, bon gré mal gré, nous mangent plus ou moins dans la main. Eh bien, s'ils reconnaissent volontiers l'existence de petits circuits parallèles exploitant certains créneaux bien particuliers – sado-masochisme, bestialité, satanisme et autres – tous jurent leurs grands dieux n'avoir jamais touché à ce genre de chose et en ignorer les filières. Naturellement, j'en doute, mais...

Elle fit un geste d'impuissance et Gribo eut un petit sourire.

– Encore heureux qu'ils nous mangent dans la main.

Sophie soupira.

– S'ils touchent à ça, c'est hors impôts. Ils craignent plus le fisc que nous. Et puis, ils ménagent la chèvre et le chou... D'après eux, nous aurions plus de chance avec les petites sociétés ou même avec les simples revendeurs et les vidéo-clubs... Alors là, nous ne sommes pas sortis de l'auberge.

Alex Gribovitch se mordit les lèvres et frappa du poing dans sa paume. Un éclair passa dans ses yeux.

– Des revendeurs, dit-il. Evidemment... Il y a Gaëtane...

Sophie le regarda sans comprendre.

– Gaëtane?

Alex Gribovitch cligna légèrement des paupières.

– Rien, dit-il. Ou plutôt si... Une amie à moi...

CHAPITRE VI

Plus que les images mouvantes du trio qui s'agitaient sur l'écran de télévision, et qu'il avait l'impression de connaître par cœur, Alex Gribovitch, du coin de l'œil, observait ses compagnes.

Gaëtane était accroupie sur la moquette, au pied du canapé sur lequel lui-même était assis, le dos droit, les mains sur les genoux, et la veste de son kimono de judoka – qu'elle portait comme tenue d'intérieur –, mal retenu par une ceinture japonaise, laissait dangereusement apparaître le profil d'un sein rond et dur, ce dont elle ne paraissait pas se soucier le moins du monde.

L'autre fille, une blonde mince et languide, était pelotonnée dans un fauteuil et broutait rêveusement son pouce droit.

– Oui, dit brusquement Gaëtane de sa voix basse, un peu rauque. Oui. Je crois bien que nous avons déjà vu quelque chose comme ça... Même décor, mêmes personnages, même manière de baiser à la con.

Elle eut un rire, bref comme un aboi, se détourna.

– Tu vois, Alex, tu as eu raison de venir. Tu n'as pas perdu ton temps.

Dans le mouvement qu'elle avait fait, le kimono

s'était ouvert davantage et Gribovitch eut un petit sourire gêné.

– On ne perd jamais son temps, avec toi, Gaëtane...

Ex-starlette-porno au langage provocateur, aux formes sculpturales et aux mœurs scandaleuses, Hélène Pasquier, dite « Gaëtane », avait des cheveux roux coiffés en casque, des prunelles pailletées d'or et les traits farouches d'une walkyrie. Vers les années 70, elle avait défrayé la presse en « enlevant », à son « fiancé », Pamela von Aren, l'une des héritières du trust Horsch, puis en exhibant sa conquête dans les clubs à la mode, nue sous une combinaison de métallo en plastique transparent...

Chroniqueuse dans une revue pour hommes, « éditeur » à Londres, gérante d'un Eros Center à Düsseldorf, elle était rentrée à Paris avec une réputation sulfureuse d'éclectisme sexuel et quelques capitaux qu'elle avait investis dans un magasin de vente et de location de films et de vidéo, dont la vidéo X...

C'était à ce moment que Gribovitch l'avait rencontrée, au cours d'une party un peu débridée donnée, dans son auberge de grande banlieue, par un « taulier » célèbre, et à laquelle il assistait en « observateur ».

Lorsque Gribo se souvenait de cette soirée, le rouge de la honte avait tendance à lui monter au front.

Gaëtane l'avait coincé dans une gloriette du parc, d'ailleurs fort accueillante, et lui avait déclaré tout de go :

– René m'a raconté que tu étais flic et monté comme un mulet... C'est vrai?

Sidéré par la brutalité de l'attaque, il n'avait pu que balbutier :

– Effectivement, je suis officier de police, mais...

Sans le laisser s'enferrer davantage, elle avait éclaté de son curieux rire.

– Okay, camarade... Pour le reste, je fais confiance à René...

Puis, incontinent, elle avait entrepris de se dévêtir, ce qui n'avait guère été difficile car elle ne portait sur elle qu'un fourreau de jersey, un slip en dentelle et des escarpins.

Bien qu'il fût d'un naturel pondéré, Alex Gribovitch n'en était pas moins homme... La nuit printanière, l'impromptu de l'aventure, ce corps brusquement révélé, sans rien dire de l'odeur musquée de rousse, avaient produit leurs effets et réveillé chez lui les instincts animaux sinon le génie de l'espèce... Lesdits effets ne pouvant décemment passer inaperçus, il n'avait – hors faire preuve d'une goujaterie peu commune – pu faire autrement que de passer des prémices aux actes.

Lancé, Alex Gribovitch avait suffisamment d'arguments pour faire durer le débat et lorsqu'il les eut exposés un à un, la lune avait eu le loisir d'escalader une bonne partie du ciel étoilé.

Ravie et comblée au-delà de ce qu'elle avait espéré, Gaëtane, haletante et les yeux cernés, avait d'abord estimé « que, pour une première fois, ça valait bien le voyage », puis lui avait confié qu'elle était non seulement prête à répéter l'expérience autant de fois qu'il le jugerait bon, mais encore, en cas de besoin, à lui procurer certains renseignements sur un milieu qui, pour être ostentatoire, gardait cependant des zones d'ombre... Tout cela d'ailleurs – car elle restait femme de tête – associé à une condition : qu'on la débarrasse d'une équipe de malfrats décidés à prélever leur dîme sur les bénéfices de son activité commerciale.

Gribo, à l'instar du commissaire Griffon, tenait pour acquis que les informateurs font les polices efficaces. Gaëtane, de par ses affaires et ses fréquentations ambiguës, était comme un poisson dans l'eau dans les boîtes à partouzes, les clubs de rencontre, les « love-theatres », les salons de massage homosexuels ou autres. Tout un monde aux frontières d'une légalité mouvante, un cloaque dans lequel « l'indic » sérieux ne courait pas les rues.

Il avait songé à la sentence du commissaire : « Rien ne remplace le contact humain », et pour mieux sceller cet accord, avait cru de son devoir de fournir à la belle gourmande un nouveau et sérieux motif d'intérêt.

Gaëtane referma sans conviction la veste de son kimono et enchaîna :

– Oui... Je crois même qu'on nous en a proposé deux ou trois, de ces machins-là... Tu te souviens, Charlène ?

L'interpellée, comme à regret, abandonna son pouce et hocha la tête.

– Bien sûr. Un circuit parallèle... Sans facture.

De nouveau Gaëtane eut son rire bref.

– C'est un poulet, chérie. Et qui est-ce qui nous les avait refilés ?

– Je ne sais plus... Mais on doit avoir ça à la boutique.

– Il y avait un prénom sur la cassette, hasarda Gribo. Kervin...

– Non, dit Charlène. Un nom comme cela, je l'aurais retenu.

Elle était affirmative et pourtant, pour la première fois, Alex Gribovitch avait l'impression qu'un bout du fil était à sa portée.

– Et la fille? poursuivit-il. La petite blonde du film. Tu ne l'avais jamais vue? Je me demande si elle n'est pas dans le spectacle... ou dans le cinéma...

Gaëtane fit un geste d'ignorance.

– Jamais tourné chez moi, en tout cas.

De son fauteuil où elle était lovée comme un chat, Charlène intervint :

– Moi, je crois l'avoir rencontrée... Mais je ne sais plus où... Peut-être ça va me revenir... Je...

– En attendant, coupa Gaëtane, tu vas filer au magasin et rechercher qui vendait ce genre de bande. Quand tu auras trouvé, passe un coup de fil et rentre chez toi. On se verra demain matin au studio. Moi, ce soir, je suis occupée...

Charlène devait être habituée à l'obéissance car elle quitta rapidement la pièce, non sans avoir adressé à son amante impavide un long regard de détresse.

– Cette petite me semble adorable, murmura Gribovitch, mal à l'aise. Tu ne devrais pas...

Gaëtane ne le laissa pas poursuivre.

– Mes amies sont toujours adorables et si tu veux, un jour, Charlène, je te la prêterai... N'empêche que maintenant, puisque je te tiens, je ne vais pas me priver de la plus belle queue que j'aie jamais eue dans le ventre.

Ses yeux d'or luisant d'impatience, elle dénouait déjà la ceinture de son kimono et Alex Gribovitch, vite résigné, songea que nul ne pouvait échapper à son destin.

⁂

Le rapport de l'armurerie et les résultats de l'expertise balistique concernant la balle extraite du corps du gardien de chantier et les étuis récupérés sur les lieux du crime parvinrent sur le bureau de l'inspecteur Sophie Leclerc en fin d'après-midi.

On y pouvait lire que le projectile était de calibre 7,65 mm avec un noyau de plomb durci et une enveloppe de laiton nickelé d'un poids de 4,6 grammes, les étuis percutés étant tous deux marqués F.N. Suivaient le rapport préliminaire d'autopsie ainsi que l'inspection sommaire de la blessure.

Mais l'expertise balistique était d'un tout autre intérêt.

Elle révélait en effet que les traces des rayures du canon, ainsi que celles laissées par l'éjecteur et l'extracteur de l'arme, confrontées au répertoire du fichier électronique, indiquaient que le projectile avait été tiré par un pistolet automatique dont les caractéristiques correspondaient à celles d'une arme testée par l'administration pour l'usage de la préfecture de police. En l'occurrence un 7,65 « unique », modèle Rr à neuf coups, n° 1321 fabriqué par la manufacture d'armes des Pyrénées françaises, dont les gardiens de la paix avaient été équipés jusqu'à la fin des années 60... D'après un additif à la fiche d'immatriculation, l'ordinateur précisait également que les armes de cette série faisaient partie d'un lot réformé, mais distribué ultérieurement à des responsables de certaines maisons de redressement et d'éducation surveillée.

Sophic Leclerc relut l'information non sans ressentir un léger pincement au cœur. Elle savait pourtant que si ce genre d'enquête était faite d'heures de veille, de dossiers à éplucher et de cent démarches inutiles, un élément imprévu pouvait, à tout moment, faire progresser sérieusement des investigations jusque-là infructueuses.

Sans prendre la peine de frapper, elle entra en coup de vent dans le box particulier du commissaire.

– Patron, dit-elle tout à trac. Je viens de recevoir l'expertise balistique que nous attendions et j'ai l'impression que c'est plus qu'intéressant. Embêtant aussi...

Pierre Griffon releva la tête, modérant sa curiosité.

– L'arme a déjà servi?

– Mieux ou pire que ça, Patron... C'est une ancienne arme de chez nous... Une arme de flic! Incroyable, non!

Pierre Griffon avait imperceptiblement pâli. Une arme de flic... Etait-il possible – et cela pouvait l'être – que parmi les quelque cent mille membres du corps policier, une brebis galeuse ou un esprit faible ait pu être suffisamment pervers ou suffisamment détraqué pour avoir à ce point sombré dans le crime! Il envisagea le scandale, le déferlement des médias, le flot de boue qui – au cas où le fait serait exact – risquaient d'éclabousser chacun.

– Donne-moi ça, dit-il d'une voix brève.

Les sourcils froncés, il se plongea dans le rapport. Au bout d'un instant, son lourd visage changea quelque peu d'expression.

– Effectivement, dit-il, c'est sérieux. Mais peut-être moins intéressant et moins inquiétant qu'on pourrait le croire... Dans les années 60, au cours des événements d'Algérie, des armes réformées se sont promenées un peu partout.

Il soupira, changea de ton.

– Bon... Tu vas me faire passer un avis général à toutes les directions des IPES. Je veux savoir si cet unique n° 1321 a bien été distribué et, dans ce cas, où et à qui il aurait pu être remis en dotation... Et j'aimerais qu'on ne mette pas cent ans avant de me répondre!

⁂

Nue sur des coussins empilés à même la moquette, les membres rompus, l'esprit à la dérive, les mains crispées aux épaules osseuses de son amant, le corps soulevé par saccades, comme si elle avait voulu livrer davantage son sexe à la blessure d'extase qui la faisait délirer, Gaëtane se laissait librement aller à hurler et à geindre.

Elle haletait, la gorge sèche et la voix cassée.

– Baise-moi, voyou! Baise-moi encore...

Sans avoir besoin d'encouragement et toute libido déchaînée, Alex Gribovitch, les yeux mi-clos, la martelait avec cette conscience qu'il mettait au moindre de ses gestes, en songeant que la recherche de la vérité entraînait parfois le Sage dans de bien curieux chemins.

Sous l'emprise d'une jouissance trop grande, le visage de Gaëtane prenait l'expression douloureuse de celui d'une martyre crucifiée et, sans arrêt, elle criait sa délicieuse souffrance.

Pourtant, d'ordinaire, lorsqu'elle sentait approcher le plaisir, elle avait tendance, sans même s'en rendre compte, à se raidir et à mordre ses lèvres pour ne pas donner au partenaire masculin qui la possédait la satisfaction de l'entendre gémir.

Parfois, ce blocage à demi conscient, ce refus mal formulé de se sentir dominée et soumise à la loi du mâle, qu'elle se plaisait à contester, suffisaient à faire tomber son exaltation et à lui couper le chemin de l'orgasme.

Alors, souvent, elle s'arrachait de son compagnon, l'injuriant et lui reprochant sa maladresse, mais il lui arrivait aussi que, le garçon lui plaisant mieux que d'autres, elle prît la peine de simuler les spasmes successifs de la volupté, ce qui la frustrait davantage.

Avec Alex Gribovitch, au cours de leurs rares rencontres, les choses se passaient différemment.

Quoique la comparaison mulassière fût passablement exagérée, la nature avait effectivement doté « le petit inspecteur juif » d'un attribut qui n'aurait pas déshonoré certaines estampes de l'Ancien Japon... Etait-ce à cause de cette disposition physique ou bien de quelque contradiction inhérente à la mentalité féminine – cela Gaëtane l'ignorait – mais dès leur premier entretien, rien n'avait, avec lui, entravé l'abandon de ses sens.

Par une sorte de délectation masochiste – car il s'en voulait d'agir de la sorte –, Gribo avait tendance à abuser de son pouvoir et traitait cette femme altière comme il n'aurait peut-être pas osé traiter ses bonnes amies de la place Voltaire. La bousculant sur les coussins et délaissant l'endroit qu'il investissait à l'instant, il glissait plus haut, écartant les fesses rondes pour se frayer délibérément une autre voie qui, pour être plus étroite, n'en était pas pour autant – et de loin – celle de la Sagesse.

Furieuse de la soumission de son corps mais heureuse de se sentir domptée, Gaëtane, la sueur aux tempes, le laissait faire, accompagnant la progression excessive de soupirs indécents et de mots de rancune. Prise de cette façon, cependant, elle s'enflammait comme un éclair et jouissait si vite qu'elle en restait ahurie, projetée dans un néant comateux où plus rien, même la brûlure libératrice inondant ses entrailles, ne pouvait l'atteindre.

La sonnerie grêle du téléphone résonna alors qu'elle était encore plongée dans une béatitude somnolente. Gaëtane entrouvrit les yeux.

– Ce doit être Charlène, murmura-t-elle d'une voix dolente. Décroche, s'il te plaît.

Gribo, déjà rajusté, préféra lui passer l'appareil mais, d'autorité, s'empara du second écouteur.

– Je ne te dérange pas, chérie? disait la blonde languide. J'ai retrouvé le nom, sur la petite liste... Simon Mechoulem... Producteur indépendant... On ne l'a vu que deux fois au bureau.

– Et la fille, chérie? Toujours pas d'idée?

– Non, Gaëtane, toujours pas...

Avec une grimace dérisoire et les gestes précautionneux que l'on a dans la chambre d'un mort, Alex Gribovitch posa doucement l'écouteur au creux d'un coussin.

Parce que l'information lui était passée la veille, sous les yeux : Simon Mechoulem, plus connu sous le sobriquet de Simon-le-Bônois, venait d'être abattu, quelque part au fond du 10e arrondissement, dans des circonstances encore mal définies...

*
**

Le commissaire Griffon avait passé une grande partie de l'après-midi dans la salle des inspecteurs de la Brigade, à suivre les interrogatoires d'une vingtaine de « raflés » de la nuit précédente que leurs antécédents n'avaient pas permis de libérer, comme les autres, au petit matin.

Il y avait là, outre les classiques travestis brésiliens sans permis de séjour et les jeunes prostitués revendeurs de drogue du quartier Saint-Michel, quelques « philosophes », voyeurs habitués des allées proches de la Grande Cascade, tous déjà fichés pour affaires de mœurs.

Ces coups de filet, surtout dans le genre d'enquête qui l'occupait, ne donnaient pour ainsi dire jamais de résultat, les maniaques dangereux évitant d'ordinaire comme la peste les « endroits chauds » depuis longtemps connus de la police, et Pierre Griffon était rentré dans son bureau un peu plus mélancolique qu'il n'en était sorti.

Le téléphone de sa ligne directe clignotait. Il décrocha.

– Allô, Griffon à l'appareil. Ah, c'est toi! Alors, tu m'as pêché quelque chose?

A l'autre bout du fil, la voix d'Alex Gribovitch avait des intonations piteuses.

– Le poisson risque de ne pas vous plaire... La fameuse cassette... Elle était, paraît-il, produite par Simon-le-Bônois... Et vous avez su ce qui lui est arrivé...

Le commissaire n'avait pas pour habitude de s'étonner, et il ne s'étonna pas.

– Diable, dit-il seulement. Cela m'a tout l'air de compliquer les choses.

– Pour moi aussi, Patron. Mais rien ne prouve que les événements soient liés. Il peut s'agir d'une coïncidence...

– Coïncidence ou pas, coupa Pierre Griffon, tu vas me passer ça au peigne... Renseigne-toi auprès de la Territoriale qui s'est occupée du Bônois, et vois où cela nous mène.

Il raccrocha. Il n'y avait qu'au cinéma que les enquêtes suivaient des chemins linéaires. La réalité, elle, se plaisait à entremêler les pistes et à rompre les fils.

– Un train peut en cacher un autre, dit-il tout haut.

Puis il haussa les épaules et ajouta :

– Ou ne rien cacher du tout...

⁂

Silencieux comme un chat, à son habitude, Kervin poussa lentement la porte de la salle de bains.

Sur la pointe des pieds et penchée au-dessus du lavabo, Prisca, le visage à quelques centimètres du miroir, traquait avec acharnement, sur l'aile de son nez, un soupçon de point noir.

Kervin s'immobilisa sur le seuil. Elle ne l'avait pas entendu et ne pouvait le voir. Il la regarda.

Elle ne portait sur le corps qu'un string blanc et une chaîne de cheville d'où pendait un petit cœur en or, et sa posture sinueuse mettait merveilleusement en valeur, non seulement ses fesses rondes mais encore la ligne de son dos et l'élégance canaille de ses cuisses.

La lumière qui s'accrochait aux fossettes de ses reins et dont il ne pouvait détacher les yeux, finissait par devenir aussi brillante que celle d'un phare dans la nuit. Il en ressentait une curieuse impression de vide...

Bien sûr, il la connaissait trop pour se laisser surprendre par le côté érotique d'une attitude et même commençait-il à se lasser d'elle. Pourtant, peut-être simplement parce qu'elle ne lui avait jamais paru aussi jeune, aussi fragile, il ressentait pour elle un regain d'intérêt.

Prisca fit un mouvement, l'aperçut dans le miroir, juste derrière elle, et poussa un cri de surprise.

– Tu pourrais prévenir, non! s'exclama-t-elle. En voilà des façons!

Elle se retint d'ajouter qu'il lui avait fait peur. Et cependant, il y avait quelque chose d'un peu effrayant dans son visage creusé, bleui de barbe, au milieu duquel ses yeux luisaient.

– Pardonne-moi, dit-il tranquillement. Je venais juste me raser. Je crois que j'en ai besoin...

Elle se retourna à demi, sa poitrine pointant insolemment, et lui adressa un sourire contraint.

– Un peu, oui! Alors, tu es reposé, maintenant? Tu avais dû faire une drôle de bringue...

Il s'était installé chez elle depuis presque deux jours et n'avait quitté le canapé du salon que pour aller vider les bouteilles d'eau minérale qu'elle gardait dans son réfrigérateur, refusant toute autre nourriture et parlant à peine.

Il rit. Peu à peu, son regard retrouvait son expression coutumière, gaie et ironique.

– Oui, dit-il. Je me sens tout à fait bien maintenant.

Tout en parlant, il l'avait saisi aux hanches, faisant glisser doucement ses mains du creux de la taille aux globes de ses seins, les soupesant dans ses paumes et s'efforçant d'en faire saillir les pointes.

Elle protesta mollement.

– Arrête, voyons! Tu me chatouilles!

Il la laissa, déçu par sa facilité.

– Imagine-toi, dit-il d'un ton moqueur, que là, tout à l'heure, en regardant tes fesses, j'avais presque envie de te violer! Tu vois le tableau! Un Berceney abusant d'une étudiante américaine dans sa salle de bains... Encore un coup de ce « violeur des gares »!

Elle secoua la tête, désarmée. Kervin était comme cela. Totalement imprévisible.

– Allons plutôt dans la chambre, si tu veux, ce sera quand même plus confortable. Mais faudra pas trop traîner... J'ai retrouvé une série de shows et je dois aller bosser...

– Des shows, laissa tomber Kervin d'un ton dégoûté. Tu ne trouves pas ça un peu stupide? Te faire sauter à longueur de soirées devant de vieux cochons hébétés et salivants? Et pour combien? Tiens, moi, je pourrais te proposer autre chose, pour te dépanner... Deux ou trois après-midi par semaine... Au domicile d'une de mes amies... Des hommes distingués, qui savent...

Prisca l'interrompit d'un geste et se mit à rire.

– Tu perds la mémoire ou quoi, mon chou! Ça fait vingt fois que tu me débites ta petite histoire et vingt fois que je te dis non! Te fatigue pas. Je ne suis pas venue à Paris pour me faire maquer! Même pas par toi! Si tu veux me baiser, allons-y, sinon laisse-moi m'habiller.

⁂

Dans le petit café sans nom de la rue du Faubourg du Temple, qui avait appartenu à Simon-le-Bônois, l'inspecteur Alex Gribovitch, seul dans la salle déserte aux heures creuses, faisait mélancoliquement tourner un fond de Vittel menthe dans un gros verre douteux.

De l'autre côté du comptoir, Baruch Mechoulem, le neveu du Bônois, le regardait en dessous, ses prunelles noires au ras des sourcils, visiblement moins intéressé par les questions qu'on lui posait que par les résultats de la quatrième course, diffusés en sourdine par le transistor.

– J'ai déjà tout raconté ce que je savais, dit-il d'une voix arrogante. Je ne sais rien d'autre... Alors, je vois pas pourquoi on continue à venir m'emmerder!

Gribovitch hocha la tête. Dans la matinée, il était passé à la 4e Territoriale, mais les renseignements qu'il avait réussi à y glaner, non sans mal, ne l'avançaient pas beaucoup.

– Une correction qui a mal tourné, lui avait finalement confié l'un des inspecteurs qui avait suivi l'enquête... Le Bônois, depuis la liquidation des Zanoum, tenait au bistrot acheté au nom de son neveu. Il ne faisait plus parler de lui, bien qu'on ne puisse jamais trop savoir... Le soir de sa mort, on l'a appelé au téléphone et il est parti sans dire où il allait. C'est tout.

Dans le bistrot, la radio était passée des courses à la rengaine. Baruch Mechoulem renifla d'un air excédé.

– C'est tout ce que vous vouliez? Parce qu'il faut que je fasse ma cave...

– Presque, dit Gribovitch d'un ton paterne. Ton oncle... il s'était bien reconverti dans la vidéo porno? Ce n'est pas un délit, de nos jours, remarque...

L'autre garda le même visage, sournois et fermé.

– Première nouvelle... Jamais entendu causer de ça...

Gribo aurait mis sa main au feu qu'il mentait. Chez les Pieds-Noirs, on était bien trop unis pour qu'un neveu ignorât les activités d'un oncle. Il demanda, un peu évasif :

– Et Kervin? Ce nom-là te dit quelque chose?

– Non plus...

Gribo fixait toujours son interlocuteur qui, lui, ne le regardait pas.

– Le Bônois, dit-il. Il avait encore des ennemis?

– Pourquoi il en aurait eu? Il était retiré et les guerres, c'est fini depuis longtemps.

Gribo laissait errer son regard dans la salle. Il hocha la tête.

– Alors, te voilà patron, maintenant... Bien sûr, c'est pas le Ritz... Mais pour le prix que tu l'as payé, ton rade, c'est pas une mauvaise affaire.

Le jeune homme sursauta et son visage se tordit en une grimace haineuse.

– Vous voulez dire quoi?

Sans répondre, Gribo tira de sa poche un imprimé bleu et un stylo.

– Eh bien, dit-il tout en remplissant le formulaire, tu viendras nous en raconter un peu plus demain matin au 36... Parce que si le Bônois n'avait pas d'ennemis ni de rivaux en affaires, je ne vois que quelqu'un à profiter de sa mort... Emmène ta brosse à dents, à tout hasard...

Baruch Mechoulem avait blêmi. Il éructa :

– Allez vous faire foutre, poulet!

Alex Gribovitch n'eut pas le loisir de réagir, car, de derrière une portière poussiéreuse où des biches jaunâtres broutaient de vagues arbustes, une forte femme, boudinée dans des vêtements de deuil, surgissait telle une reine de mélodrame. Elle s'écria d'une voix impétueuse :

– Baruch! Qu'est-ce que tu as dit! Ne l'écoutez pas, Monsieur l'inspecteur, il est tellement nerveux! Baruch, mon petit garçon, dis tout ce que tu sais à Monsieur l'inspecteur, sinon tu auras des ennuis et tu feras mourir ta mère! Dis-le, Baruch!

A peine surpris – il connaissait trop l'importance parfois abusive de la mère dans les familles juives – Alex Gribovitch se garda bien d'intervenir. La bonne dame insistait :

– Excuse-toi, Baruch, d'abord... Fais-le, mon petit...

Le jeune homme regarda sa mère d'un air furieux, puis se mordit les lèvres.

– Pardon, m'sieur, murmura-t-il comme à regret. C'est vrai... L'oncle faisait un peu dans la cassette porno... Hors commerce, comme qui dirait. Et Kervin, c'est le mec qui tournait les films, avec des potes à lui...

– Kervin... Tu le connais?

– Je l'ai vu, m'sieur. Un type de mon âge, à peu près... Un frimeur, qui en étale... Il traînait le quartier mais on ne le voit plus... Faut dire qu'il devait du pognon à l'oncle...

Avec un geste de prestidigitateur, Alex Gribovitch exhiba le portrait-robot du « violeur des gares » et le lui mit sous le nez.

– C'est lui, Kervin?

Baruch se gratta la tête.

– Ben, murmura-t-il, si l'on veut. Enfin, pourrait y avoir une chance... Mais l'affirmer, ça, je voudrais pas... Non, je voudrais pas...

Lorsqu'il quitta le petit café, dix minutes plus tard, Alex Gribovitch, malgré toute sa philosophie, était d'humeur plutôt chagrine. Il savait désormais que « Kervin » existait vraiment, qu'il était « l'auteur » de la cassette porno trouvée dans le chantier et que son signalement « pouvait » correspondre à celui du maniaque assassin.

A toutes les questions qu'il avait pu poser, Baruch Mechoulem et sa mère n'avaient plus répondu que par des imprécations et des jérémiades. Il n'avait pu rien en tirer d'autre... Ni un patronyme, ni une adresse.

Le dos rond et les mains enfoncées dans les poches de son vieil imperméable pisseux, il descendait vers la République, silhouette anonyme noyée dans la foule terne. Des jeunes gens le croisaient. Des jeunes gens aux traits réguliers, arrogants ou avenants qui, pour la plupart, auraient pu être l'homme qu'il recherchait.

– C'est pas pour te vanter, coco, murmura-t-il. Mais tu n'as pas avancé d'une semelle.

⁂

La réponse qu'attendait le commissaire Griffon arriva plus rapidement qu'il ne l'espérait.

Elle émanait du directeur d'un établissement pénitentiaire pour jeunes délinquants, situé dans la banlieue parisienne, où le pistolet automatique

« unique » nº 1321 avait été enregistré. En mauvais état et ayant été jugée peu sûre, voire dangereuse, l'arme en question n'avait pas été mise en service. Gardée dans le bureau du surveillant-chef, elle avait disparu au cours de l'été 1978, fait dûment signalé en son temps à l'Administration générale.

Le fonctionnaire précisait en outre que si cette disparition ne pouvait raisonnablement être imputée à la négligence du personnel, il n'était pas possible de l'attribuer a priori à la malhonnêteté d'un pensionnaire, le régime libéral de l'établissement et ses méthodes actives d'auto-éducation agissant efficacement dans le domaine de l'amélioration de la moralité. En outre, l'enquête et les fouilles pratiquées n'avaient donné aucun résultat.

En conséquence, le brave homme suggérait plutôt que, les locaux ayant subi, à cette époque, diverses réfections, le vol pouvait être le fait d'un des ouvriers de l'une ou l'autre des entreprises concernées. Bien entendu, il se tenait à disposition pour toute vérification ultérieure.

Rageusement, le commissaire rejeta le feuillet sur son bureau.

– Bien entendu, grogna-t-il. Ces zozos-là laissent traîner des armes à la portée de n'importe qui et il faut que ce soit les autres qui se débrouillent! Vérification ultérieure! Depuis le temps! Je lui en foutrais, moi!

Sa rogne passée, il fit venir Sophie Leclerc et lui communiqua la note.

– Hein, dit-il. Belle littérature! Tu vas quand même aller me voir ce zèbre lundi et te faire communiquer la liste des détenus à ce moment-là... Parce que je crois plus au délit d'un délinquant qu'à celui d'un tâcheron! Et puis, on ne sait jamais... On peut quand même faire une découverte.

⁂

Une longue blouse grise passée au-dessus de son costume de velours, Kervin, un macaron au revers et une liste à la main, arpentait l'un des couloirs circulaires de la Maison de la Radio que son ami Philippe, familier des lieux, appelait irrévérencieusement « la grange à cons »...

Depuis qu'ils avaient dû stopper la production de leurs cassettes, faute d'un nouvel acheteur, Philippe, qui avait engagé des frais dans une petite maison de banlieue héritée par son épouse Estelle, se plaignait de difficultés financières.

– Ecoute, lui avait proposé Kervin. J'ai un truc pour te faire un peu de fric. Où tu bosses, tu dois bien avoir des copines dans les bureaux. Trouve-moi les numéros de série de trois ou quatre machines à écrire... Dernier modèle, électronique et tout... Je me charge du reste...

Philippe, sans trop chercher à comprendre, les lui avait procurés et Kervin, présentement, « se chargeait du reste ».

Passé trois heures, le vendredi après-midi, la Grande Maison paraissait déserte. Des peintres avaient abandonné leurs échelles, et il devait parfois enjamber des tranchées ouvertes dans le revêtement du sol, au fond desquelles serpentaient d'énormes écheveaux de câbles.

Au palier d'ascenseur, il s'orienta, poussa une porte battante. Une moquette révélait un « service de direction ». Il repéra le pool dactylo que Philippe lui avait indiqué, frappa, entra.

Trois filles bavardaient dans une vaste pièce aux murs couverts d'affiches, la plupart griffonnées de phrases percutantes et de dessins obscènes.

– Salut, les bébés, lança-t-il joyeusement. C'est ici

les bécanes... – Il consulta sa liste – les bécanes nº TPY.A0022775, 76, 77?

Les filles le regardèrent.

– Ouais, peut-être bien... C'est pourquoi?

Du coin de l'œil, Kervin désigna le macaron sur sa blouse.

– Service de l'entretien, mes anges! On va vous vérifier tout ça à l'atelier, parce que nous on travaille quand les autres se reposent, et je vous les ramène lundi matin à la première heure. Enfin... Quand même pas avant dix plombes! Je ne suis pas un sauvage.

Les filles s'esclaffèrent, disant qu'effectivement, il ne fallait pas exagérer, et se mirent à décapuchonner les machines, cherchant les numéros.

– C'est vrai. Elles sont là... Celle-ci, c'est à Corinne... Elle s'en plaignait.

Kervin les regardait. Elles étaient gentilles et une, petite brune boulotte, parfaitement dragable. Mais il avait autre chose à faire... Il leur sourit.

– Dites, mes petits anges, vous ne pourriez pas me trouver quelqu'un pour m'aider à les descendre... J' voudrais pas faire trois voyages ni m'attraper une ballochite...

– On va essayer.

L'une des filles décrocha un téléphone tandis qu'il racontait aux deux autres, pliées de rire, l'histoire de « la chatte belge qui avait le museau en chou-flcur ».

Au bout d'un petit quart d'heure, un manutentionnaire entra, grommela pour la forme et prit deux machines tandis que Kervin, après une dernière plaisanterie, s'emparait de la troisième.

En voyant l'Autobianchi cabossée au lieu de la fourgonnette d'entreprise qu'il attendait, l'homme s'étonna un peu. Kervin cligna de l'œil.

– Le vendredi, j'prends ma bagnole. Là, je vais

laisser les bécanes et la blouse à la boîte puis hop, je file chercher ma môme et en week-end! Faut quand même pas se laisser bouffer par les patrons!

L'homme opina et Kervin démarra. Il n'avait plus qu'à filer à Barbès où il connaissait un revendeur pas tellement regardant.

*
**

L'air vague et presque absent, le commissaire Griffon considérait les piles de dossiers accumulés sur son bureau. Depuis le début de la traque, l'équipe avait dû négliger les « affaires en cours » que d'autres, plus récentes, étaient venues rejoindre.

C'était là l'ambiguïté de sa position. Libéré de la routine lorsqu'il devait s'occuper de certains cas jugés « spéciaux » par la hiérarchie, il n'en demeurait pas moins attaché à la Brigade lors d'enquêtes plus orthodoxes mais aussi prenantes.

Bien sûr, son vieil ami, le divisionnaire Charpin, comprenait la situation, mais le moment n'allait pas tarder où un quelconque substitut à la section criminelle du Parquet allait s'indigner de sa « lenteur » et de ses « carences ».

Il soupira. La nuit était tombée depuis longtemps et il restait là, presque immobile, attendant il ne savait trop quoi. Il releva les yeux. Devant lui, punaisé depuis si longtemps sur le mur que son vernis en avait jauni, le plan de Paris semblait le narguer.

Là, dans cette ville multiforme, l'inconnu, le maniaque criminel, l'homme seul, continuait de se jouer de tout, de tous et surtout de lui-même...

CHAPITRE VII

La sonnerie du téléphone devait résonner depuis un moment déjà lorsque l'inspecteur Lionel Savary en perçut le grésillement lancinant.

Sans même ouvrir les yeux, il grommela :

– Quel est le con ?...

D'ordinaire, il passait assez rapidement du sommeil à la veille, mais il s'était couché fort tard, ayant raccompagné chez elle – pour un dernier verre – une amie que l'absence de son mari, en voyage d'affaires, perturbait au point de lui donner des insomnies. Et comme il était galant homme...

Le timbre crépitait toujours. Il souleva les paupières. Les chiffres clignotants de sa pendulette indiquaient une heure et quart.

A demi-conscient, il tendit le bras et décrocha.

Une voix féminine, moqueuse et très vaguement familière, résonna à son oreille.

– On a le sommeil lourd, pour un flic, M. Savary... Marina, à l'appareil.

– Marina...

A l'autre bout du fil, la fille riait.

– J'espérais vous avoir fait plus d'impression... Souvenez-vous... Le *Canal's Club*...

Lionel sursauta, complètement éveillé maintenant... Marina... l'étudiante en sociopsychologie... Il avait fini par lui céder, l'autre soir, un peu par lassitude et aussi, pourquoi pas, pour l'attrait d'une aventure possible. Et il lui avait donné son numéro personnel.

– Bien sûr, dit-il. Où êtes-vous?

– Mais au Club, justement.

Lionel sentit son sang battre plus vite et, sans même s'en rendre compte, baissa la voix.

– Le type est là? Celui que vous pensiez pouvoir identifier?

– Mais oui! Sinon croyez-vous que je vous appellerais en pleine nuit? Mais vous allez être déçu... Je me suis trompée. Ce n'est pas votre satyre!

Lionel avala difficilement sa salive.

– Comment diable pouvez-vous le savoir? chuchota-t-il.

Il l'entendit rire.

– Oh! c'est bien simple! D'abord, il est loin de ressembler aux dessins que vous m'avez montrés... Ensuite, c'est un garçon sans mystère, qui ne se cache pas. Il s'est présenté et m'a donné sa carte : Jean Berceney. Il travaille pour un cabinet fiduciaire monégasque et ne vient guère à Paris qu'une fois par mois... Enfin, il est parfaitement équilibré.

Elle s'exprimait si calmement et avec une telle conviction que Lionel, déjà souvent déçu par de faux espoirs, sentait la piste s'amenuiser.

– Evidemment, dit-il, de nouveau dans l'expectative. Mais peut-être concluez-vous un peu vite et...

Elle ne le laissa pas poursuivre.

– Ne soyez pas stupide, coupa-t-elle. Je fais de la psycho, j'étudie les comportements asociaux. J'ai lu les ouvrages du professeur di Tullio... Je suis bien placée pour juger de la personnalité d'un individu et déceler les aberrations mentales que l'on retrouve à la base de tout comportement délictueux. En un mot, mon cher, je sais reconnaître un taré. Et ce n'est pas le cas! C'est un garçon très ouvert, au contraire, très extraverti, très gai et plein de charme, si vous voulez tout savoir... Pas du tout le pauvre type qui a besoin de violer des gamines pour assouvir ses besoins sexuels ou ses phantasmes... Un peu dans votre genre, quoi!

Lionel fronça les sourcils, agacé par le ton supérieur et le persiflage.

– Je veux bien vous croire, mais ces gens-là peuvent paraître tout à fait normaux et, en cas de crise...

De nouveau, elle l'interrompit.

– Ne me ressortez pas le docteur Jekyll et Mister Hyde, je vous prie! C'est de la littérature! J'avais promis de vous appeler et de vous tenir au courant. Je le fais. Je n'y peux rien si ce que je constate et vous apprends ne corrobore pas vos petites théories!

Lionel commençait à avoir chaud aux oreilles, mais il se contint.

– Ecoutez, dit-il. Depuis la dernière fois, je ne sais si vous êtes au courant, la situation a changé. Le simple maniaque est devenu assassin. Les lascars de ce genre, lorsqu'ils ont sauté le pas du crime de sang, ont presque toujours la tentation de recommencer! Vous avez été très coopérative et je vous en remercie. Aidez-moi jusqu'au bout. Même si vous avez raison, je dois vérifier certaines choses... Vous ne lui avez parlé de rien?

– Je ne suis pas idiote! Je devrais faire quoi, d'après vous?

– Eh bien... Quelques danses encore... Avec ce garçon si plein de charme... J'arrive.

Il y eut un petit temps de silence et Lionel comprit que sa correspondante devait déjà regretter son initiative.

– Comme vous voulez... De toute façon, je ne peux pas vous en empêcher... J'essaierai de le retenir... Mais vous nous paierez un verre...

Elle raccrocha et Lionel sauta du lit. Mais tandis qu'il s'habillait rapidement, son excitation tombait peu à peu. Devait-il prévenir la permanence de la Brigade et alerter les « volants » du Xe? En fait, il ne possédait que des renseignements négatifs et n'agissait que sur une impulsion... Sa marge de manœuvre était étroite et, en déclenchant une opération aléatoire, sans doute allait-il tout droit au devant de la gaffe et le pas de clerc.

Il haussa les épaules, reprit le téléphone et, avec un soupçon de sadisme, appela Gribovitch qui devait dormir du sommeil du juste dans son petit appartement de la place Voltaire.

Contrairement à son attente, Gribo décrocha aussitôt.

– C'est Lionel, coco! Tu ne dormais pas?

– Non. Je relisais *Les bijoux de la Castafiore*... Toi, coco, tu as un problème...

– Si l'on veut... Un projet de balade, plutôt... Et ne me parle pas de récupération d'horaire ni de jour compensateur... C'est du travail au noir!

Sans attendre que Gribo ait terminé une phrase vengeresse sur les « fayots qui privent indécemment leurs collègues d'un repos mérité », Lionel lui expliqua son problème puis quitta son studio et alla chercher sa voiture au parking.

Rue La Fayette, un carambolage entre trois véhicule bloquait la voie. Coincé, Lionel Savary dut attendre près de vingt minutes que l'on évacue les blessés et qu'un camion-grue de la préfecture ait déblayé la chaussée pour poursuivre sa route.

Tassé sous un porche, près du *Canal's Street Club*, l'inspecteur Alex Gribovitch battait la semelle, surveillant d'un œil maussade sa mobylette ligotée à un réverbère. En apercevant Lionel, il grommela.

– C'est ça que tu appelles tout de suite! T'as juré de me faire attraper la crève.

– Un pépin de circulation, coco... Alors?

Gribo fit un geste.

– Rien. Les clients commencent à se tirer. Tu ferais bien de te grouiller.

– OK, coco... Si je ne suis pas ressorti avant, tu descends dans un quart d'heure.

Il abandonna son collègue à sa planque solitaire et pénétra dans l'établissement.

Ainsi qu'à sa première visite, la musique montait du sous-sol en grosses bouffées étourdissantes. La caissière-vestiaire dut le reconnaître car elle ne lui réclama pas de prix d'entrée.

– Marina Lévêque est en bas? demanda-t-il.

La fille le regarda d'un drôle d'air.

– Elle y était... Mais elle n'y est plus... Elle vient de partir il n'y a pas dix minutes.

Lionel, qui commençait à se débarrasser de son imperméable, s'immobilisa, le visage figé.

– Seule?

La fille eut un petit rire.

– Elle! Ce n'est pas tellement son style. Vous connaissez la chanson...

Elle fredonna:

– « Je ne veux pas rentrer chez moi... seule ». Non, elle était avec un type.

– Quel genre?

– Oh, genre client d'ici... Jeune... Plutôt beau garçon. Un peu dandy, si vous voyez ce que je veux dire.

Lionel commençait à voir et ce qu'il voyait ne lui plaisait pas le moins du monde.

La fille poursuivait:

– Pour tout vous dire, ça avait l'air de marcher pas mal pour elle... Il lui roulait de ces pelles!

*
**

Les yeux clos et la respiration haletante, Marina Lévêque se sentait emportée par une angoisse merveilleuse.

Ce membre brûlant, inconnu et déjà tellement familier qui, d'un coup, venait d'emplir son ventre, déclenchait une fois encore cette magique extase qui allait la combler... Elle ne savait rien de plus exaltant que ce premier contact avec une chair encore ignorée, que cet envahissement étranger, que ce va-et-vient profond, que cette force mâle qui croyait prendre alors qu'elle n'était que possédée, à tel point qu'elle allait tout à l'heure s'anéantir au fond d'elle en un flot apaisant.

Elle soupira, ouvrant davantage les jambes, soulevant son pubis pour mieux l'offrir aux chocs répétés de cet autre corps qui tenait le sien enlacé si étroitement qu'elle croyait s'y fondre.

– C'est bon, murmura-t-elle. Tellement...

Instrument conscient de son plaisir, Kervin se gardait de la contenter trop vite, se plaisant à entretenir son impatience par des mouvements d'une amplitude retenue, de presque retraits suivis d'intromissions plus franches où sa verge, dilatant la chair humide, glissait de toute sa longueur avant de s'abuter au fond du sexe tendre et d'y rester immobile, à peine palpitant.

Elle gémissait alors, roulant des hanches et enfonçant ses ongles dans ses épaules jusqu'à ce qu'il recommençât à bouger en elle, lui tirant des roucoulements et des râles.

– Viens! implorait-elle. Viens plus fort! Baise-moi!

Il la laissait languir quelques secondes, puis la surprenait par un coup de reins brutal qui la faisait supplier.

– Oui! Oh oui! Encore!

Kervin avait déjà compris que ce genre de fille trouvait dans ses propres phantasmes l'essence même de ses jouissances et cela l'attendrit un peu... Vivait-elle comme lui plusieurs existences? Il aurait aimé pouvoir le lui demander, mais bien entendu, c'était une chose impossible... Soudés l'un à l'autre, ils n'en étaient pas moins séparés plus que par des années-lumières.

Elle gémissait toujours et se tordait sous lui, tellement gorgée qu'à chaque mouvement montaient de son sexe de petits bruits humides.

Il l'acheva de quelques coups de reins et l'orgasme muet qui la terrassa, par sa brutalité même, la défigura presque.

Kervin détourna les yeux. Si les stigmates de la peur ou de la souffrance, parfois, le délectaient à en mourir, cette laideur, au moment du plaisir, lui était insupportable... Mal content, il se retira d'elle sans lui-même s'assouvir.

Comme chaque fois qu'elle rentrait avec un garçon, Marina avait laissé allumée la lampe d'architecte fixée sur la table surchargée de livres, et la lumière ponctuelle, presque trop forte, faisait jaillir de l'ombre un mobilier hétéroclite et les vives couleurs des posters punaisés sur les murs. Un grand miroir, disposé au revers de la porte du vestibule, entrouverte selon un angle prémédité, reflétait le divan.

Kervin, un brin décoiffé, une lueur malicieuse et complice au coin de l'œil, mais parfaitement maître, à son habitude, des réactions de son corps, appréciait ce raffinement.

« Une intellectuelle », songea-t-il en détaillant leur double image. Lui, dominateur, elle, écartelée, avec un corps douillet, des seins ronds qu'il malaxait à pleines paumes, des cuisses de pouliche.

C'était elle qui l'avait dragué, à ce club-disco qu'il devinait un peu dangereux et où il n'avait pas eu l'intention de revenir... La chose lui avait paru plaisante et, naturellement, il s'était montré sous son meilleur jour, bien qu'un peu distant, à tel point qu'il l'avait, un moment, cru lassée. Puis elle était revenue et il s'était alors laissé enlever.

Il ne le regrettait pas. Peu de technique, sans doute, mais une fougue un tantinet nymphomane... Il allait passer une bonne soirée, malgré un incident stupide... Son regard glissa... Sur le couffin de vannerie qui servait de table de nuit, un reflet accrochait l'acier un peu terni du pistolet... De son pistolet...

Tout à l'heure, tandis qu'il posait sa pochette de cuir, celle-ci s'était malencontreusement ouverte – le rabat fermait mal, il le savait pourtant – et l'arme en avait glissé.

Naturellement, sa compagne, ouvrant de grands yeux, s'était alarmée.

– Tu es armé...

Mais il n'était jamais à court d'arguments, et tout naturellement, il avait expliqué :

– Quelquefois... Pour mon travail. J'ai transporté des fonds importants, cet après-midi, et j'ai oublié ce truc... C'est idiot, parce que...

Il s'était interrompu, gêné juste ce qu'il fallait, avait eu un petit rire.

– Parce que mon permis de port d'arme ne vaut que pendant le temps des transferts d'espèces... J'aurais dû le laisser à notre agence. Si j'étais contrôlé, j'aurais des ennuis...

La jeune fille n'avait pas semblé l'écouter vraiment, ce qui l'arrangeait plutôt, et continuait de fixer le pistolet d'un regard fasciné.

– C'est la première fois que j'ai l'occasion d'en voir un, avait-elle murmuré. Je veux dire, un vrai... Il a l'air un peu vieux, non? Tu t'en es déjà servi?

Bien que classique et anodine, dans un sens, la question le troubla plus qu'il aurait pensé l'être. Pris au dépourvu, pour une fois, il avait marmonné une réponse inaudible et voulu replacer l'automatique dans sa pochette. Mais elle l'avait arrêté, lui serrant le poignet au point de lui faire mal.

– Non, avait-elle chuchoté d'un ton pâmé. Non. C'est... c'est tellement bouleversant l'idée de faire l'amour avec cette chose de mort près de soi...

Elle avait pris le pistolet dans ses deux mains, presque dévotement, et l'avait posé sur le couffin, à côté du divan, avant de se jeter dans ses bras...

Peut-être pour ne plus être gêné par la transformation bestiale de ses traits, Kervin avait fait retourner et agenouiller la jeune fille sur le couvre-lit froissé. Sans en prendre ombrage, bien au contraire, Marina s'était docilement prêtée au jeu, creusant les reins dans une position qui, avec une impudeur calculée, offrait à la vue de son amant l'intégralité de sa féminité. La tête au creux de ses coudes, elle proclamait son exhibitionnisme.

– J'aime qu'on me regarde... Regarde-moi!

Kervin ne se faisait pas prier, appréciant en connaisseur le velouté du creux des cuisses et le contraste entre l'ivoire ocré de la peau et le rose nacré des muqueuses luisantes. La précédente course avait un peu dilaté les chairs, ouvertes comme une fleur vivante sur un aperçu ombreux de profondeurs incarnats. Emergeant du repli des lèvres, une excroissance luisante tremblait comme un pistil pâle.

– C'est joli, tu ne trouves pas?

Il hocha la tête et opina, tout juste ironique :

– Beau comme une orchidée, chérie.

Elle eut un rire énervé.

– Mais une orchidée carnivore...

Brusquement, sans savoir trop pourquoi, Kervin se sentait un peu ridicule. Il tourna les yeux vers le miroir. Elle l'observait, le visage tendu, et leurs regards se croisèrent.

– C'est drôle, commença-t-elle, laissant sa voix en suspens.

– Quoi?

– Rien, dit-elle. Viens...

⁂

Dépité et furieux – surtout furieux – Lionel Savary s'était planté devant Gribo transi.

– Cette sale petite garce! gronda-t-il. Elle a fichu le camp avec ce type! Ah, elle m'a bien eu!

Alex Gribovitch le considérait avec acuité.

– Coco, dit-il. Si je comprends bien, tu es surtout en rage de ne pas l'avoir eu, toi!

– Imbécile! Si j'avais voulu! Je n'avais qu'à lever le petit doigt! Tu as bien dû voir passer un couple.

Gribo haussa les épaules.

– Des couples, j'en ai vu passer plusieurs, coco. Et qui n'allaient pas cueillir des fraises!

– Je m'en doute! N'empêche qu'on est là le bec dans l'eau et que cette conne s'est peut-être jetée délibérément dans les pattes de...

Lionel s'interrompit, reprit un ton plus bas :

– Ce qui est fait est fait... Mais nous, dans ce coup? Que peut-on faire?

Gribovitch ne répondit pas. Une voiture passa, ses pneus chuintant sur l'asphalte humide. Sur le trottoir d'en face, quatre ou cinq jeunes gens quittaient le club, parlant très fort.

– Rien, murmura finalement Gribovitch. Et tu le sais si bien que tu n'as pas alerté la permanence... Ce type et la fille sont partis on ne sait où et le saurions-nous que cela ne changerait rien à l'affaire... Draguer une demoiselle dans une boîte de nuit n'est pas un délit, même si cela te défrise...

– Il y a des présomptions...

– Ouais. Eh bien, essaie d'obtenir même une citation à comparaître avec ces présomptions-là! Non, coco... En admettant que tu aies localisé quelque chose, ce qui n'est pas certain, pardonne-moi de te le dire, on ne peut se permettre, dans l'état actuel de l'enquête, d'interpeller quiconque... C'est peut-être idiot, mais c'est comme cela!

Lionel baissa la tête. De plus en plus renfrogné. Gribo avait raison et il enrageait de devoir le reconnaître. L'occasion était manquée et personne n'y pouvait plus rien. Cependant, il continuait à se sentir curieusement oppressé... Prémonition? Colère contre lui-même, qui n'avait pas su s'imposer à une jolie petite allumeuse, pédante et trop imbue de ses diplômes? Brin de jalousie un peu ridicule en songeant qu'en ce moment même un autre profitait de ce qu'il avait, un instant, désiré? Le tout ensemble, peut-être.

– Marina Lévêque, dit-il lentement et comme à regret... J'ai quand même son numéro de téléphone... Qu'est-ce que je risque d'appeler chez elle...

Alex Gribovitch lui lança un regard en coin mais demeura silencieux.

Près d'eux, des chats se disputaient le contenu d'une poubelle. Les premières gouttes d'une pluie glaciale étoilèrent le trottoir. De l'autre côté de la chaussée, les derniers clients quittaient le club, leurs silhouettes découpées dans la lumière de la porte ouverte... Une nuit comme les autres...

⁂

Les deux mains accrochées au repli tiède des hanches, Kervin, souriant ainsi qu'il le faisait lorsqu'il se moquait des autres et de lui-même, sodomisait gaillardement sa compagne.

Humiliée peut-être, mais pantelante, Marina Lévêque subissait la chose en mordant à pleines dents son traversin mouillé de quelques larmes. En fait, lorsqu'elle avait réalisé quel chemin son infatigable amant cherchait à prendre, elle n'avait pas jugé utile de protester, non que cette façon de faire lui fût en rien familière, mais parce qu'elle ne voulait refuser aucune expérience capable d'enrichir son ego.

Appliquée à analyser ses moindres sensations, le sévice lui avait paru moindre que certaines confidences le lui avaient laissé pressentir. Bien sûr, la progression incongrue, la douleur exaspérante des muscles qui semblaient ne céder qu'un à un, la frustration de ne pouvoir anticiper un plaisir encore ignoré combattaient bien un peu la confuse jouissance de violer ouvertement un tabou.

Puis elle cessa d'étudier ses sentiments, peut-être parce que la verge qui la possédait ainsi allait encore plus loin, encore plus fort et, sans qu'elle sût exactement comment, le plaisir la terrassa, plus violent, plus intense qu'elle ne l'avait jamais connu... Muette à l'ordinaire, elle hurla.

Quelques secondes encore, Kervin continua de la prendre et finalement se libéra avec un grondement satisfait.

Le souffle court, prostrés, ils s'écroulèrent, poursuivant chacun leurs propres mirages.

Le grelottement soudain du téléphone les fit tous deux sursauter et Kervin, par un réflexe inconscient, se retrouva aussitôt debout. La sonnerie résonnait toujours.

– Laisse, dit Marina alanguie. Ce doit être mon flic!

Figé par le mot, Kervin se sentit pâlir. Tout de suite, il se domina et marqua une surprise de bon aloi.

– Ton flic? Quel flic?

Elle fit un geste.

– Oui... J'étais sur le point de t'en parler tout à l'heure, et puis... Imagine-toi que tu ressemblerais soi-disant à un type que la police recherche! Un sadique qui viole les gamines.

Kervin s'esclaffa.

– Non! Raconte-moi ça! C'est trop drôle!

– C'est surtout stupide! Un garçon comme toi! Bref, l'autre soir, au club...

Il la laissa dévider toute son histoire sans l'interrompre, attentif sans plus, quoiqu'imperceptiblement plus sérieux que d'ordinaire... Et pourtant, il avait la conviction d'une approche menaçante embusquée derrière chacun des mots qu'il entendait, comme les tentacules d'une pieuvre autour d'un cœur noir.

Il se contrôlait toujours, mais les nerfs à fleur de peau, une moiteur aux tempes, une douleur vague derrière le crâne comme au temps où...

Tout son corps n'était qu'une vibration tendue... Tout, autour de lui, lui semblait changé... L'univers des rêves qui se diluait dans une réalité cruelle...

Il releva les yeux. Le visage de sa compagne aussi se diluait dans un halo de lumière et d'ombre.

Il fallait qu'il se reprenne et, au prix d'un effort

épuisant, il se reprit... Il était Kervin. Il était Berceney. Un garçon de bonne famille, de grande famille... Un peu démuni pour le moment. Réduit parfois à quelques expédients, mais qui n'avait jamais connu de « prédispositions convulsivantes héréditaires». C'était à cela qu'il devait se raccrocher. C'était son monde à lui. Et à lui seul puisqu'il se l'était créé... Ce monde-là, personne ne l'en chasserait. Personne...

Elle avait terminé son récit et le regardait, attendant visiblement qu'il réagisse.

– C'est ennuyeux, tout de même, dit-il, cette histoire. Surtout pour ma situation... Je crois que je devrais me présenter à la police... Cela ne te gêne pas si je suis obligé de parler de toi?

Marina répondit aussitôt, comme si elle avait été soulagée.

– Non, dit-elle. Je préfère, même... En définitive, je lui ai joué un sale tour, à mon flic, en ne l'attendant pas ce soir. Il est un peu lourdaud, mais gentil quand même.

Kervin plissa les yeux et se mit à rire.

– Toi, tu penses déjà à me tromper! C'est la vie!

Ils rirent ensemble et Kervin regarda sa montre.

– Déjà... Dis-moi... Je connais mal ton quartier et je ne sais même plus où j'ai garé ma voiture... Tu permets que je dorme ici, cette nuit.

Elle acquiesça et il alla éteindre la lumière mais alluma une lampe minuscule, presque une veilleuse, posée sur la moquette. Puis il vint s'allonger à côté d'elle. Le divan était étroit et leurs corps se touchaient. Il eut un début d'érection mais il n'avait plus envie de faire l'amour.

– Lorsque j'étais petite, disait Marina d'un ton ensommeillé, j'avais peur du noir, pas toi?

– Moi aussi. Mais mon père était un homme dur, trop dur peut-être. Pour me guérir, un soir, il m'emmena au cimetière. Cela se passait chez nous, en Bretagne, dans la lande, près du château.

D'une voix câline, il lui raconta un de ses merveilleux souvenirs qu'il s'inventait, plein de mystère, de feux-follets et de brume... Elle s'endormit.

Il resta longtemps immobile, dans la pénombre tiède, les yeux grands ouverts et fixés sur un point du plafond... Depuis tout à l'heure, depuis les confidences de cette fille qui dormait près de lui, il savait qu'il était toujours trop tard. Et qu'il allait devoir faire une incursion hors de son propre univers.

Parce qu'il n'y avait plus à présent que Jean-Pierre Caurvin pour préserver le vrai monde de Kervin...

Alors il prit l'automatique posé sur le couffin de vannerie, près du divan, et fit monter une balle dans la chambre. Puis il enfonça l'arme au creux de l'oreiller et en posa doucement le canon sur la tempe de sa compagne, sous une mèche de ses cheveux courts.

– Dors bien, ma chérie, souffla-t-il. Dors bien.

Et il tira. Assourdie, la détonation ne fit qu'un bruit ridicule et le corps n'eut même pas un soubresaut. Deux plumes blanches, arrachées à l'oreiller, voletaient...

CHAPITRE VIII

Seul dans son box qui sentait le produit d'entretien et le désinfectant, l'inspecteur Lionel Savary sacrait à voix basse.

Sophie Leclerc devant, ce lundi matin, aller compulser les archives de l'établissement pénitentiaire où avait été dérobée l'arme du crime de la rue Vandamme, c'était lui, chose assez rare pour être signalée, qui avait le premier ouvert les bureaux du service.

Et, toujours pour la même raison, il s'était aussitôt attelé – d'où sa mauvaise humeur – aux deux besognes matinales particulièrement ingrates dévolues à « l'inspecteur Leclerc » depuis le temps déjà oublié où elle était encore le souffre-douleur du commissaire : lecture de la correspondance administrative et analyse des télex, dépêches et radios en provenance de la salle d'opération de l'état-major et transmis, sommairement triés et dépouillés, par les permanenciers de la Brigade.

C'était à partir du compte rendu ou plutôt du résumé circonstancié de ces informations que Sophie rédigeait les notes sur lesquelles, dès son arrivée, se ruait « le patron ».

Comme la plupart des hommes de terrain, Lionel

Savary avait en horreur ce genre de travail paperassier et lassant – il employait d'ailleurs, pour le désigner, un mot plus viril – et c'était d'un œil désabusé qu'il parcourait les longues bandes de télescripteur où se résumaient, sinon la totalité des activités policières des dernières quarante-huit heures, mais tout au moins les faits, grands et petits, concernant plus particulièrement les Mœurs.

On y trouvait pêle-mêle la prostituée infidèle torturée par son protecteur, l'attaché d'une ambassade africaine surpris « en conversation galante » dans une pissotière, une bagarre de travelos au Bois de Boulogne, une saisie de « poppers » interdits en France et cent autres événements du même ordre.

C'était là, qu'anticipant sur la disposition d'esprit du commissaire, il fallait deviner ce qui, pour lui, serait urgent, important, inquiétant ou tout juste insolite.

Moins au fait que Sophie Leclerc de cette pénible routine, Lionel peinait en grommelant lorsqu'un nom, lu presque par hasard, le fit sursauter et changer brusquement de visage.

L'information, en provenance du commissariat central du IXe, était du genre banal : un quidam, se faisant abusivement passer pour inspecteur de grand magasin, avait entraîné une jeune voleuse à l'étalage dans une chambre d'hôtel et avait abusé d'elle... Chose moins commune, il lui avait donné sa carte de visite : Jean Berceney de Kervin. Agent théâtral. Place Sainte-Dévote. Monte-Carlo.

Les mots, devant les yeux agrandis de Lionel, dansaient une sarabande effrénée... Kervin... le nom inscrit sur la cassette du chantier... Jean Berceney... le nom donné à Marina Lévêque par le client du club... Monte-Carlo...

L'autre nuit, il ne s'était pas trompé... L'autre nuit,

il avait sans doute frôlé la vérité... L'autre nuit, il avait dû passer tout à côté du maniaque... du tueur...

Il demeura un instant immobile, se mordant les lèvres. Marina Lévêque... Quelle folle elle avait été.

Sans plus réfléchir, il décrocha le téléphone extérieur et composa le numéro de la jeune étudiante. La sonnerie résonna plusieurs fois puis on décrocha et il perçut une voix masculine et neutre.

– Oui...

Il crut avoir fait un mauvais numéro, précisa :

– Je suis bien chez Marina Lévêque?

– Oui... Ne quittez pas...

Il attendit, se demandant qui pouvait lui répondre et sans qu'il sût vraiment pourquoi, au fur et à mesure que s'étiraient les secondes, l'appréhension qui l'étreignait se transformait en angoisse imprécise.

La même voix reprit, toujours aussi impersonnelle.

– Qui est à l'appareil?

Visiblement son interlocuteur anonyme voulait le retenir. Mais dans quel but? Lionel eut l'intuition de la catastrophe.

– Officier de police Savary, dit-il, la gorge serrée. Que se passe-t-il?

Il y eut un instant de silence. Puis son interlocuteur reprit :

– Vous prouvez ça comment?

Cette fois, il était sûr. Il gronda :

– Je ne prouve rien... Mais je vais vous donner mon numéro de poste et si vous me faites perdre mon temps...

A l'autre bout du fil, il y eut un murmure de conversation, puis quelqu'un reprit l'appareil.

– Savary?... Ici, Bertrand, de la Crim'... On a une

fille morte, ici, et ton coup de fil, hein, ça nous défrise un peu... Tu ne vas pas me dire que tu étais sur le coup, des fois!

Lionel avait déjà compris mais il sentit son pouls s'emballer.

– Je vais même te dire mieux! Pour moi, l'assassin est un garçon de vingt-cinq ou vingt-sept ans, mesurant plus d'un mètre soixante-quinze et au physique agréable. Il se fait appeler Jean Berceney ou Kervin! Pour l'attraper, tu n'auras qu'à lui mettre un grain de sel sur la queue! Ça te suffit comme tuyaux, pour l'instant?

Il raccrocha, laissant son interlocuteur éberlué. A présent, une rage folle le faisait trembler et il avait besoin de se reprendre. Ce meurtre était imprévisible et il ne pouvait rien se reprocher. Et pourtant... Si seulement un accident stupide ne l'avait pas retardé... Si seulement il avait obéi à ses intuitions plutôt qu'aux règlements... Si seulement...

– Quel gâchis! soupira-t-il. Non, mais quel gâchis!

Puis il reprit le combiné et se mit à pianoter sur le pupitre du téléphone.

*
**

L'appel surprit Sophie Leclerc dans le bureau du directeur de l'établissement pénitentiaire que celui-ci, assez préoccupé par la tournure prise par les événements, lui avait aimablement abandonné, alors qu'elle épluchait en vain registres et bulletins de levée d'écrou...

– Lionel à l'appareil... Nous avons un nouveau meurtre sur le dos.

– Le maniaque?

– Oui... Et c'est signé!

D'un geste automatique, Sophie avait saisi son

bloc et, au fur et à mesure que parlait son collègue, elle y jetait rapidement des notes.

– Jean Berceney, murmura-t-elle, mais...

– Attends, coupa Lionel. L'autre jour, un lascar dont le signalement coïncide avec celui que nous possédons, a abusé d'une jeune femme dans des circonstances abracadabrantes... Il lui a remis sa carte... Jean Berceney de Kervin... Ne me dis pas qu'il s'agit d'une coïncidence!

Sophie, machinalement, tourna les yeux vers les listes étalées devant elle.

– Je n'ai pas de Kervin, dit-elle. Et pour Berceney, à l'alphabétique, rien non plus...

A l'autre bout du fil, Lionel Savary semblait s'impatienter.

– Ecoute, dit-il. Les maniaques ont leurs manies... Et aussi une certaine continuité dans les comportements... Presque une logique. Le nôtre semble tenir à ce patronyme flatteur. Mais pourquoi à celui-là? Il y a peut-être une raison.

Sophie réfléchissait.

– Tu penses à... une similitude? Ou un souvenir?

– Dans un sens... Il existe un dessin de l'humoriste Chaval montrant un groupe de filles occupées à une besogne indistincte, avec pour légende : « Femmes triant l'hamairde »... H.A.M.A.I.R.D.E.... Eh bien, à la simple lecture, visuelle je veux dire, la grossièreté n'est pas évidente! Alors, similitude ou rapprochement euphonique, pourquoi pas?

Comme si son correspondant avait pu la voir, Sophie Leclerc hocha la tête.

– Evidemment, dit-elle. Au point où nous en sommes... D'après toi, je devrais reprendre les registres et lire les noms à voix haute, c'est ça?

Avant d'entendre la réponse, elle perçut, lointaine mais distincte, la voix grondante du commissaire.

– Voilà le patron, chuchota Savary. Je te laisse. Pense que je ne suis pas sorti de l'auberge...

***

Dans l'appartement sur cour, avenue Mathurin Moreau, où Marina Lévêque avait vécu et où elle était morte, le commissaire principal Pierre Griffon, mains nouées dans le dos, humait l'atmosphère.

Sitôt averti du drame, il avait tenu, ainsi que sa commission lui en donnait l'autorité, à se rendre au domicile de la jeune fille, moins dans l'espoir d'y découvrir un indice intéressant que par une habitude de « vieux flic » qui ne veut jamais rien laisser au hasard.

Le corps avait déjà été enlevé par les hommes de l'IML, et ceux de l'IJ, photographe et dactylotechnicien, leur besogne achevée, avaient quitté les lieux.

Seuls le lit ouvert et privé de sa literie, des traces de poudre blanche sur les meubles et l'odeur de produit chimique révélaient qu'il s'était passé ici un événement insolite. Derrière le commissaire, les inspecteurs Bertrand et Lapaume, dit Paumé, de la Criminelle, attendaient, silencieux et un peu goguenards.

D'un geste , le commissaire désigna le sac fourre-tout de la victime, posé sur la table.

– Il aurait dû y avoir une carte de visite, là-dedans, dit-il. Elle n'y était pas?

L'inspecteur Bertrand haussa les épaules.

– Avec le nom et l'adresse du tueur, comme me l'a laissé entendre votre extra-lucide. Eh bien, elle n'y était pas.

– Si elle y était, le type ne l'a pas laissée! continuait « Paumé ». En tout cas, il n'a pas pris l'argent... Trois cent et quelques francs.

Pierre Griffon ne répondit pas. Les faits bruts étaient d'une simplicité excluant les commentaires. Marina Lévêque était rentrée ici avec un garçon, rencontré au *Canal's Street Club*. Ils avaient eu des relations sexuelles et l'homme l'avait tuée d'une balle dans la tête, tirée à travers un oreiller. Puis il était parti sans laisser de traces... Les analyses, l'autopsie et la balistique prouveraient peut-être que le sperme de l'homme était du même groupe que celui du « violeur des gares » et que l'arme du crime était la même que celle utilisée dans le chantier de la rue Vandamme. Peut-être...

Quant à l'opinion de Savary, ce n'était qu'une probabilité sans valeur déterminante.

– Je ne pense pas que ce type avait l'intention de tuer cette fille, Patron. Il ne l'a ni forcée, ni brutalisée... Mais elle n'a sans doute pas pu s'empêcher de lui raconter que la police s'intéressait à lui et le recherchait. Pour une raison quelconque – lui avait-il fait des confidences ou avait-elle percé son comportement –, il s'est senti menacé et il l'a abattue. En lui évitant l'angoisse de la mort, puisqu'il a attendu qu'elle dorme pour le faire... Comment va-t-il réagir, à présent qu'il se sait traqué?

Pierre Griffon se posait la question. D'après ce qu'il pouvait savoir ou deviner du tueur, ce n'était pas un criminel ordinaire et ses agissements étaient imprévisibles.

Le reste, un nom jeté par hasard, gloriole ou défi, ne pouvait mener nulle part.

Plus déprimé qu'il ne voulait le paraître devant les gens de la Criminelle, le commissaire s'apprêtait à quitter les lieux lorsque le téléphone sonna.

– Pour vous, Monsieur le Principal, dit Bertrand qui s'était précipité.

Pierre Griffon saisit le combiné qu'on lui tendait.

– Lionel, Patron! Sophie vient d'appeler! Elle a trouvé quelque chose! Elle rentre au bureau...

La voix de Savary vibrait d'une exaltation mal contenue et le visage du commissaire prit une expression aiguë de chasseur qui vient enfin de relever une piste encore chaude.

– J'arrive, dit-il.

***

Kervin, une valise assez lourde au bout du bras, descendit de l'autobus et traversa le boulevard de Magenta au moment où le feu passait au vert.

Il jeta un coup d'œil autour de lui et descendit la rue de Dunkerque, en direction de la gare du Nord, se retournant de temps à autre, comme s'il avait pu craindre d'être suivi.

La ville familière l'entourait avec son agitation sécurisante et pourtant un instinct plus fort que son raisonnement le poussait à s'arracher à cette tranquillité précaire où il se confinait. Il avait laissé trop de traces et la décision de quitter Paris s'était imposée à lui avant même qu'il sût où il allait diriger ses pas.

Sans plus délibérer, il avait entassé une partie de sa garde-robe dans sa Samsonite, coupé l'électricité, le gaz et quitté son logement de la rue Philippe de Girard où il n'avait jamais fait entrer personne.

Vendue en un quart d'heure à un garagiste « spécialisé » de Levallois, son Autobianchi lui avait rapporté un peu plus de huit mille francs. Ajoutée à ce qui lui restait de son petit pécule, cette somme allait lui permettre de retrouver, à Mons, un « ami de pension » et démarrer avec lui un projet de carambouille qu'il caressait depuis un moment déjà.

L'entreprise, par elle-même, paraissait sans risque

et la seule ombre à l'existence qu'il imaginait déjà était qu'il allait devoir, avant même de franchir la frontière, abandonner comme une défroque trop portée une personnalité devenue encombrante. Kervin de Berceney allait disparaître, mais pour revivre bientôt, différent et immuable... Lieven de Nuitans, par exemple, lui paraissait une réincarnation possible...

L'exclamation l'arracha de ses songes.

– Kervin! Ça alors!

Il sursauta mais tout de suite reprit pied dans la réalité de l'instant. Pourtant, la jeune femme qui l'avait ainsi abordé et lui souriait, visiblement heureuse de la rencontre, lui semblait curieusement étrangère. Depuis quelque temps, la mémoire, parfois, lui jouait des tours. Elle poursuivait :

– Mais je te retarde, peut-être? Tu pars en voyage?

– Non, je rentre... Un petit tour à Amsterdam.

Il restait dans le vague, incapable de se souvenir quelle facette de ses multiples personnalités il avait bien pu lui présenter, et cela l'irritait. Mais la jeune femme ne se formalisa pas, au contraire.

– Ah, tant mieux, dit-elle avec un net soulagement dans la voix. Parce que je pensais à toi, justement... Je me disais que...

Elle s'interrompit, haussa les épaules, reprit :

– Luigi m'a laissé tomber...

Le nom éclaira Kervin et lui fit rassembler les morceaux éparpillés de son puzzle... Corinne... Une de ces petites bourgeoises cachant leur amoralité foncière sous le vernis de la bienséance et qui, selon lui, étaient, au lit, les meilleures affaires... Mariée, divorcée, entretenue par un célèbre marchand de tableaux italien, il l'avait « levée » au *Palace*, saoule comme une grive, raccompagnée chez elle et opérée incontinent dans le vestibule de son immeuble.

Ce souvenir rattrapé de justesse et maintenant extraordinairement présent le mit en joie.

Elle s'était endormie, sitôt dans la voiture, et il avait dû la soutenir pour lui faire traverser le trottoir. Le plus amusant était que, dans son ivresse, elle avait dû le prendre pour un autre, car elle s'accrochait à son cou, l'embrassait à pleine bouche en l'appelant « Maxime, mon amour » et tâtonnait à la recherche de son sexe à travers le tissu de son pantalon.

Ces bonnes dispositions l'avaient mis en train et, sans même la conduire à l'ascenseur, il l'avait poussée contre une des banquettes que l'on trouve dans les halls des beaux vieux immeubles, retroussant sa jupe et faisant glisser son slip.

Elle était tellement mouillée qu'il n'avait eu aucun mal à s'enfoncer dans son ventre. Pourtant cette intrusion l'avait quelque peu réveillée et elle s'était écriée :

– Mais... Tu n'es pas Maxime!

Il avait ri et continué de la clouer à grands coups de reins contre le velours drapé de la banquette.

Agrippée à ses épaules et soudée à sa verge, elle soulevait et agitait ses hanches pour que le coït la pénétrât plus profondément encore sans pour cela cesser de l'injurier.

– Salaud! Sale type! Je ne te connais pas! Tu profites que je suis saoule pour me baiser! Je te tuerai pour ça!

Elle avait, en jouissant, braillé si fort qu'il avait craint de voir apparaître le gardien en chemise de nuit, un tisonnier à la main, mais le brave homme devait avoir le lourd sommeil du juste.

Après, fort satisfaits l'un de l'autre, ils étaient montés à son appartement où ils étaient restés deux jours pleins, sans sortir, à boire du Charles Heidsieck, manger du saumon fumé et, bien entendu, faire l'amour comme des bêtes.

... La réminiscence avait dû également chauffer le sang de la jeune femme, car elle le fixait d'un regard plus brillant.

– C'est vrai, Kervin... Je suis vraiment – elle appuyait sur le mot – vraiment contente de te voir. Et pas seulement parce que j'aimerais te demander un service... Luigi m'a plaquée, alors avec les fringues, l'appartement, la voiture... Et je ne me vois plus éplucher les petites annonces... Oh, je ne te demande rien mais tu m'avais parlé d'une amie à toi... Chez qui des filles compréhensives pouvaient, de temps en temps, rencontrer des messieurs généreux...

Kervin retint un sourire. C'était trop drôle. A présent qu'il partait, qu'il avait renoncé à chercher des collaboratrices pour cette bonne maquerelle de Dounia, voilà que la charmante Corinne lui tombait dans les bras et lui faisait des offres de service!

Bien sûr, cela allait bouleverser ses projets immédiats, mais augmenter son capital. Il n'hésita pas. Un tel clin d'œil du sort était un présage et ne pouvait se refuser. Il en oubliait même cet aura de danger qu'il avait senti se matérialiser autour de lui. Sa désinvolture naturelle reprenait le dessus et son imagination lui faisait envisager des développements aussi pratiques qu'agréables.

– C'est très possible, chérie... Viens... Nous allons parler de tout ça devant un verre... Remarque que je n'ai pas grand temps. Imagine-toi que je suis rentré plus tôt que prévu et que j'ai les peintres à l'appartement... Alors, tu vois, je cherchais un hôtel, pour deux ou trois jours.

Comme il s'y attendait, la jeune femme tomba dans le panneau.

– A l'hôtel, Kervin, mais c'est idiot! Pourquoi tu

ne t'installerais pas chez moi? Tu te souviens? Nous n'y étions pas si mal!

*
**

Sophie Leclerc entra en coup de vent dans le bureau du commissaire, laissant retomber derrière elle les battants de la porte capitonnée.

– Patron! Je crois que... cette fois... j'ai... Nous avons...

Elle s'interrompit, à la fois confuse de sa fièvre et essouflée d'avoir gravi quatre à quatre le redoutable escalier du 36, et se débarrassa de son imperméable transparent sous lequel apparaissait un tailleur vert amande, insolite dans la grisaille de la saison finissante.

Enfoncé dans son fauteuil, le commissaire la regarda. L'exaltation de la découverte avait, pour une fois, eu raison de son flegme professionnel et marquait son visage d'une pâleur presque ostentatoire qui rendait sa beauté d'ange sévère moins inaccessible. Plus fragile aussi.

Malgré lui, Pierre Griffon songea que, comme bien des femmes, elle supportait mieux l'adversité que la réussite et il en fut bizarrement attendri.

– Je croyais bien avoir fait chou blanc, Patron. Parce que naturellement, il n'existe ni Kervin ni Berceney. Mais c'est Lionel qui a trouvé la clé... La possibilité d'un rapport euphonique entre le nom d'emprunt et le patronyme véritable! A partir de là, j'ai repris les registres et je suis tombée sur un Jean-Pierre Caurvin, né d'une demoiselle Percenaz... Un cas dramatique qui peut-être explique... Mais j'ai fait photocopier les pièces du dossier... Tenez.

Un peu effaré malgré ses vingt-cinq années de police judiciaire, le commissaire Griffon, au fur et à mesure de sa lecture des documents que lui présentait Sophie Leclerc, remontait l'incroyable passé de Kervin...

... Mis au monde par une adolescente de treize ans, violée par un malade nerveux qui finira ses jours à l'asile... Elevé par des grands-parents dépassés par l'événement... Reconnu par Marcel Caurvin, retraité de la SNCF qui, à cinquante-six ans, épouse sa mère, laquelle en a dix-huit... Livré à lui-même tandis que les amants se succèdent sous le toit « familial », il n'en suit pas moins une scolarité régulière et entre au lycée Colbert... Arrêté à quinze ans à la suite d'un viol perpétré sur une écolière de six (épouvanté par l'hémorragie causée par ses violences, il avait lui-même conduit sa victime à l'hôpital Saint-Louis)... Déféré au tribunal pour enfants et placé dans un IPES, les médecins diagnostiquent chez lui « une prédisposition héréditaire aux syndromes névrotiques dépressifs ou hallucinatoires, pouvant présenter des périodes prodromiques précliniques plus ou moins longues pendant lesquelles le sujet peut se rendre coupable d'actions délictueuses plus ou moins graves ».

Quant aux psychiatres, ils le jugent alors « psychopathe introverti et peu dangereux... sexuellement immature et incapable d'établir un contact avec le concret, ce qui semble normal vu l'expression synthétique des forces héréditaires et le milieu social ayant influencé son processus évolutif particulier ».

Elève doué et appliqué, Jean-Pierre Caurvin passe, durant son séjour en IPES, son baccalauréat, première et seconde parties.

... Libéré à dix-neuf ans, il se retrouve seul, son beau-père étant décédé et sa mère ayant suivi un amant en Afrique...

Soumis à un contrôle judiciaire et médical, il s'y présente régulièrement jusqu'à sa majorité légale.

Pour le psychiatre qui l'examine, il est « débarrassé de ses phantasmes sexuels mais vulnérable et d'une extrême sensibilité, reste constamment en prise avec le monde de l'imaginaire et de l'irréel. »

A l'époque, travaille comme lecteur-correcteur dans une maison d'édition populaire et habite rue Philippe de Girard, dans le Xe.

– Depuis, murmura Sophie Leclerc, il ne paraît pas avoir eu affaire à la Justice... C'est un malade et il semble s'être créé des personnalités honorables pour échapper aux cauchemars de sa naissance et de son hérédité.

Sans même lever les yeux, Pierre Griffon sentait le poids du regard de la jeune femme sur ses épaules et devinait ses pensées.

Sophie avait commencé sa carrière policière à la Brigade des Mineurs et s'était occupé de jeunesse délinquante, avec les vues humanitaires classiques sur la « réinsertion » et l'amélioration progressive de ses « pupilles ». A présent confrontée à la réalité journalière, elle avait perdu sa candeur mais sa sensibilité – qu'elle s'efforçait de refréner – ne lui permettait pas toujours d'éviter le piège de la pitié facile, sans rien dire de ceux, constamment tendus, des fausses conversations et des faux repentirs.

Le commissaire remonta ses lunettes sur son front.

– Ouais, dit-il pesamment. C'est un joli cas social. N'empêche que cet intéressant jeune homme a déjà violenté une douzaine de gamines et trucidé deux personnes! Aucune raison qu'il s'arrête en si bon chemin, sauf si nous lui mettons la patte dessus, et rapidement...

Il reprit son souffle, continua :

– Mais attention! Pour évident que cela puisse nous paraître, nous n'avons aucune preuve formelle que « Kervin » soit Caurvin et que Caurvin soit l'auteur des viols et des meurtres. Alors, pas d'initiatives inconsidérées que pourrait nous reprocher, plus tard, la Chambre des mises en accusation et qui risqueraient de faire le jeu de la défense! Je vais mettre au courant le substitut du procureur et aller voir le juge... Trouve-moi Lionel et Gribo, ils doivent être à la Brigade.

Sophie Leclerc le regardait, pensive et un peu contrainte encore.

– J'ai hâte que tout cela soit terminé, dit-elle.

– Moi aussi... Tu as fait du bon travail, ma petite fille... Mais n'oublie pas une chose. Pour l'instant, nous avons tout juste un nom et une adresse ancienne. Rien n'est encore gagné!

⁂

En fait, le commissaire Griffon ne croyait pas si bien dire.

D'abord, ainsi qu'il le craignait, il ne lui fut pas possible d'arracher au juge d'instruction – jeune homme frais émoulu de l'Ecole Nationale de Bordeaux et fort orienté philosophiquement – un mandat d'amener à l'encontre de Caurvin.

– Si je comprends bien, Monsieur le commissaire, lui avait dit suavement ce magistrat, vous ne basez vos présomptions, à part une vague homophonie, passablement subjective, que sur les antécédents de ce Jean-Pierre Caurvin. Cela me semble un peu primaire. Un unique délit commis durant l'adolescence, la puberté peut-être... Une unique condamnation... Pour ma part, je vois une grande distorsion entre le garçon studieux et médicalement guéri, tel qu'il apparaît dans les rapports de l'Administration pénitentiaire, voire ceux des psychiatres, et le maniaque forcené et criminel que vous vous plaisez à me décrire. Si vous me permettez un conseil,

Monsieur le commissaire... poursuivez vos investigations et étayez votre dossier. Bien entendu, dans le cas d'éléments nouveaux et précis...

Rongeant son frein, Pierre Griffon avait jugé inutile d'insister. Sa commission rogatoire, précédemment délivrée, lui laissait malgré tout une marge de manœuvre qu'il était bien décidé à exploiter jusqu'au bout.

Malheureusement, la suite de la journée justifia ses appréhensions.

Pourtant, rue Philippe de Girard, à l'adresse indiquée sur la levée d'écrou, Gribovitch et Lionel Savary avaient eu tout d'abord une heureuse surprise. Jean-Pierre Caurvin habitait toujours l'immeuble... Il y était même propriétaire, ayant hérité le logement de son grand-père maternel.

Mais ils avaient dû déchanter très vite lorsque le gardien avait précisé que « Monsieur Caurvin avait dû partir en voyage et qu'on l'avait vu passer la veille avec une grosse valise, de celles qu'on met dans les avions ».

Une clé de l'appartement étant restée déposée à la loge, les deux inspecteurs n'avaient pas eu besoin de requérir un serrurier, se contentant de se faire accompagner du gardien – lequel cautionnait par sa présence une visite domiciliaire effectuée à l'extrême limite de la légalité.

Le logement, un petit deux-pièces vieillot donnant sur une cour sinistre, offrait le spectacle classique des départs précipités : placards ouverts, tiroirs à demi vidés, vêtements éparpillés, mais ni papiers, ni agenda, ni carnets d'adresses pouvant permettre d'éclairer la personnalité, l'existence ou les activités de l'occupant des lieux.

Cependant, une carte de visite, découverte in extremis par Alex Gribovitch au fond d'une poche de veste : « Docteur Kervin-Berceney – Institut hélio-thalassique – Avenue du Littoral, Monte-Carlo », justifiait l'homophonie contestée par le Parquet.

– Caurvin, expliquait le gardien, on le voyait à peine. Il dormait rarement ici et j'ai l'impression qu'il ne venait que pour se changer. Un drôle de type... Jamais de courrier... Jamais de visite... Même pas une petite amie...

La preuve manquante fut trouvée le lendemain, par les spécialistes du laboratoire : une paire de chaussures, saisie dans l'appartement, correspondait à l'empreinte relevée sur le lieu d'un viol et les traces de charbon incrustées dans le cuir de la semelle étaient de même nature que les prélèvements de poussière effectués sur place.

La nouvelle, que lui apporta Sophie Leclerc, laissa le commissaire Griffon parfaitement impavide.

– Voilà, dit-il seulement, en s'emparant du rapport, qui va peut-être réussir à convaincre mon petit juge...

Effectivement, le magistrat, trop penaud pour oser s'inquiéter de la manière dont avait été conduite la perquisition révélatrice, signa aussitôt un mandat d'arrêt concernant Jean-Pierre Caurvin, dit Kervin ou Berceney, lequel fut immédiatement diffusé à toutes les forces de police.

C'était une petite victoire, mais pour Pierre Griffon, qui regagnait son bureau par la grande galerie du palais de justice, elle n'en demeurait pas moins une évidence déprimante.

Identifié mais sans relations connues, à l'abri des indicateurs traditionnels, car sans attache réelle avec la pègre ou le milieu, Kervin, maniaque mythomane et assassin, noyé dans l'ensemble de toute une population, resterait sans doute encore longtemps introuvable.

CHAPITRE IX

Allongé sur le lit, demi-nu, un havane aux dents et une coupe de champagne à portée de la main, Kervin considérait d'un œil distrait Corinne qui, dans l'ouverture de la porte, entre la chambre et la salle de bains, se dévêtait avec des gestes apprêtés de strip-teaseuse.

– Ce que tu peux être agaçant! dit-elle soudain d'une voix impatientée et un peu provocante. Tu pourrais au moins me demander comment cela s'est passé, chez ton amie Dounia... Mon premier après-midi de grue professionnelle!

Kervin leva imperceptiblement les sourcils.

– Pourquoi? De toute façon, tu vas me le raconter. Tu en meurs d'envie.

Elle hésita à répondre et prit le parti de rire, arrangeant sa coiffure d'un geste qui releva ses seins, puis fit glisser sa jupe, ôta ses escarpins, ne gardant sur elle que ses bas et une lingerie de dentelle, noire comme le péché.

– Toujours aussi sûr de toi, hein, dit-elle en secouant la tête. Tu as raison, d'ailleurs... Parce que je suis toujours aussi faible.

Elle eut un nouvel éclat de rire, énervé cette fois, et se dirigea vers le lit.

Depuis quatre jours, Kervin, qui traversait une de ses habituelles périodes d'atonie heureuse et de farniente, vivait boulevard Gouvion Saint-Cyr, sans même daigner sortir de l'appartement de Corinne, cette ancienne maîtresse oubliée et si opportunément retrouvée.

Ses angoisses, dans ce cadre feutré, dans cette ambiance féminine discrètement luxueuse, s'étaient peu à peu dissipées et il ne se donnait même plus la peine d'écouter, à la radio, des bulletins d'information qui ne l'intéressait plus.

Pour renouer, sans doute, avec les souvenirs effacés d'un passé agréable, il avait, dès son installation, pris sur lui de faire livrer par un grand traiteur victuailles, épicerie fine et « champagne Charlie, Cuvée millésimée ».

Son univers l'avait rejoint et les événements pliaient à ses désirs. Dounia avait agréé Corinne et l'avait intégrée tout aussitôt à « son écurie », mais il ne s'était pas encore donné la peine d'aller réclamer sa commission... Il se sentait bien et un Berceney ne court pas après un pourboire...

Assise au bord du lit, Corinne le regardait du coin de l'œil. Il s'était rapproché un peu, la frôlant des hanches et des épaules mais ne la touchait pas vraiment. Elle devina ce que, sans le dire, il attendait d'elle, et esquissa une moue ironique.

– J'ai l'impression que « Madame » Dounia est satisfaite de sa recrue, dit-elle. Aujourd'hui, j'ai dû traiter deux hôtes...

Elle s'interrompit et, cette fois, il l'interrogea.

– Raconte.

– Le premier, c'était un chirurgien, paraît-il, qui a l'habitude de passer entre deux interventions. Un rapide. Il m'a « opérée » sans même retirer sa veste.

Sérieux comme un pape, pas compliqué, mais généreux. Je l'ai à peine senti.

Tandis qu'elle parlait, Kervin avait remonté sa combinaison, froissant la dentelle au-dessous des seins, les soupesant longuement dans ses paumes. La bouche près de son oreille, il demanda :

– Et l'autre ?

Collée contre lui, Corinne se faisait plus lourde.

– Pas le même genre, dit-elle. Le bon vieux monsieur, avec des cheveux tout blancs. L'air d'un chanoine. Lui, il m'a d'abord léchée partout. La poitrine... les hanches... Et le reste... Surtout le reste... Il faisait ça très bien. Et ma foi, en fermant les yeux...

A nouveau, elle suspendit sa voix et Kervin, sous ses doigts, sentit saillir et durcir les pointes de ses seins.

– Continue, murmura-t-il.

– Il n'était toujours pas excité et j'ai voulu m'occuper de lui, mais il m'a dit que c'était inutile, ça ne l'intéressait plus et qu'en revanche, il avait quelque chose pour moi... Qui serait très agréable... Alors il m'a demandé de m'installer sur le rocking-chair – il y en avait un dans la chambre – puis il a sorti deux boules, en ivoire, grosses comme des œufs de pigeon, attachées avec un cordon de soie... Des trucs chinois très anciens. C'est creux, avec du mercure à l'intérieur. Cela s'appelle les « dix-sept félicités ». Il me les a mises où tu penses en me disant de me caresser un peu, puis de me balancer.

La main de Kervin avait abandonné le sein de la jeune femme et glissait doucement sur la peau tiède, en direction du ventre. Lorsque les doigts atteignirent la touffe de son pubis, elle écarta légèrement les jambes afin qu'il puisse glisser jusqu'à la fente de son sexe.

– Et alors ?

Corinne haletait un peu et sa voix plus tendue trahissait son émoi.

– D'abord, je n'ai pas ressenti grand-chose... Juste une espèce de gêne. Mais après, c'est plutôt affolant... L'impression que ce que tu as dans le ventre se met à vivre, enfle, se tord et continue de bouger tout seul, même si tu cesses de remuer... Un truc pas possible.

Quelque peu échauffé par les confidences de la jeune femme, Kervin gardait cependant son sang-froid et se contentait de griffer doucement, du bout des ongles, le creux des cuisses, tissant, là où la peau est la plus douce et la plus sensible, un exaspérant réseau d'ondes qui, par instants, la faisaient tressauter. Il demanda :

– Et ton client, pendant ce temps-là?

Le mot lui fit se mordre les lèvres. Chez Dounia, on ne l'employait jamais. Il n'y avait que des hôtes... Kervin eut un petit rire et glissa le bout de ses doigts le long de son sexe, entrouvert et humide, insista :

– Il faisait quoi?

Le doigt effleurait son clitoris. Elle se raidit, déjà vaincue.

– Lui, murmura-t-elle, lui, il me regardait, m'observait, me guettait comme un gros chat, sans rien dire. Je me suis retenue le plus que j'ai pu... Et puis...

– Et puis tu as joui...

Elle hocha la tête.

– Oui, avoua-t-elle tout bas. Presque mieux qu'avec un homme.

De nouveau Kervin se mit à rire.

– Voilà ce qui nous remet à notre vraie place, dit-il. Un peu moins bon au déduit que des boules chinoises! Tant pis pour toi! Je ne tiens pas l'article!

Et il la renversa sur le lit.

⁂

Comme tous les jours de la semaine, à midi trente-cinq, Agnès Gerlot poussa la porte d'un petit restaurant de la rue Caumartin et, sans prendre garde aux signes discrets que lui faisait le serveur, se dirigea droit vers sa table habituelle, derrière le pilier, et fronça les sourcils, mécontente.

Un petit homme au costume avachi, au visage ingrat et au long nez charnu y était installé et la regardait au-dessus de ses grosses lunettes de myope. Avant qu'elle ait esquissé un mouvement de recul, il se souleva de son siège et lui sourit.

– Madame Gerlot?... Inspecteur Alex Gribovitch, de la Police judiciaire...

Il vit le visage de la jeune femme se décomposer et enchaîna, toujours à mi-voix :

– J'ai dit au garçon que j'étais un collègue de votre mari. Asseyez-vous donc...

Elle retira sa veste de fausse fourrure avec des gestes saccadés et obéit, les traits crispés.

– Au commissariat, on m'avait dit que si je restituais ce que j'avais pris, je n'aurais pas d'ennuis, chuchota-t-elle. Pourquoi venez-vous me relancer ici?

Alex Gribovitch continuait à lui sourire et lui tendit le menu.

– Je vais vous expliquer ça, dit-il. En déjeunant... J'ai droit à une petite note de frais...

Le matin même, dans le grand bureau du divisionnaire Charpin, patron des Mœurs, dont les deux fenêtres donnaient sur les arbres dénudés de la place Dauphine, avait eu lieu une réunion de travail.

Là, devant ses collaborateurs et son vieil ami de

vingt ans, éberlués de la chose, le commissaire Griffon s'était livré à ce que l'on était bien forcé d'appeler un examen de conscience, exercice qui n'était pas spécialement dans ses habitudes.

– Depuis le début de cette affaire, avait-il déclaré, ce type me mène par le bout du nez. Pas une idée qui se soit révélée payante! Pas une piste qui n'ait tourné en eau de boudin! Cela m'a mis à cran, je l'avoue et m'a fait faire des conneries! J'ai poussé tout le monde à presser le mouvement et nous avons voulu aller trop vite. Ce n'était pas la bonne manière et nous avons dû laisser passer quelque chose... Il va falloir revenir à la case départ.

Désarçonné par cette franchise mais malgré tout assez satisfait du désarroi de son camarade, Charpin avait remarqué :

– Il faut surtout alerter les médias... Divulguer le nom, les pseudos, les portraits du criminel. Il n'y a plus que ce moyen pour retrouver sa piste.

Griffon avait fait la grimace.

– J'y ai pensé, Paul. Jusqu'à présent, comme dans bien des affaires de mœurs, nous avons dissocié les différents crimes pour éviter la panique et la contagion... Mais j'hésite encore. Tu le sais comme moi... On va nous reconnaître notre gus aux quatre coins du pays...

– A condition qu'il y soit encore, Pierre, coupa perfidement le divisionnaire. D'après ce que nous savons, il doit déjà avoir fichu le camp!

Mais Pierre Griffon avait suffisamment sacrifié à l'autocritique et son regard prenait une teinte d'orage.

– Tu ne sais rien du tout, avait-il grogné. Tu restes là assis sur ton sous-cul et nous, nous descendons dans la rue! Les maniaques, cela fait dix ans que je leur cours au train! D'accord, en bonne logique, tu pourrais avoir raison! Mais ce genre de taré – taré intelligent – n'est pas logique. Il est même foncièrement illogique! C'est d'ailleurs pour cela qu'il a toujours réussi à nous glisser entre les doigts!

Arrivé après le début de la réunion et pour cela foudroyé du regard par le divisionnaire, l'inspecteur Gribovitch restait pensif et comme étranger à la discussion.

– Le patron a raison, avait-il dit soudain. Il y a des éléments que nous avons négligés... J'arrive du Sommier et de l'Etat-civil. Eh bien, j'ai découvert que Jean-Pierre Caurvin a une demi-sœur, plus jeune de cinq ans, qui porte le nom de sa mère, car née avant mariage et non reconnue... Alix Percenaz... Prostituée mineure, séjour en IPES... Interpellée plusieurs fois par la Voie Publique... Son ami Patrick Servant purge dix-huit mois à Fresnes... Elle, je n'ai pas encore pu découvrir son adresse actuelle...

– Bon dieu! avait juré le commissaire, mais voilà peut-être quelque chose d'intéressant! Tu ne pouvais pas le dire plus tôt, espèce de...

– Il n'y a pas que cela, avait poursuivi Gribovitch sans autrement s'émouvoir... La plainte déposée dernièrement par cette jeune femme, tireuse à l'étalage... Kervin l'aurait incitée à se livrer à la prostitution pour son compte... Et pourtant, rien dans son « profil » ne nous le donne comme souteneur.

– C'est un mytho, avait tranché Lionel.

– Oui, mais il vit de toutes sortes d'expédients. Il est beau garçon, beau parleur. Il pourrait très bien servir de rabatteur. Il a passé tout un après-midi avec cette fille dont nous n'avons pas encore eu le loisir de recueillir le témoignage. C'est plutôt long comme lacune!

Habitué, le commissaire n'avait pas relevé l'incongruité. Il avait juste haussé les épaules.

– Et tu attends quoi pour t'en occuper?

Alors Gribo avait fait sa petite enquête, d'abord au commissariat de la Chaussée d'Antin puis, bien que plus discrètement, à la société de revêtements muraux où travaillait Agnès Gerlot. Enfin, il était allé l'attendre au restaurant où elle avait ses habitudes...

La conversation était difficile. Plus que réticente, Agnès touchait à peine à son pavé aux échalottes et s'accrochait à ses déclarations premières... De toute façon, disait-elle, tout cela avait été tellement traumatisant pour elle qu'elle s'efforçait d'oublier.

En vieux renard, Gribovitch croyait deviner une faille et tentait de la rassurer. Personne ne cherchait à l'inquiéter pour un menu larcin, fruit d'un moment d'égarement et de la tentation. La preuve était qu'il l'avait contactée discrètement... Mais elle avait déposé une plainte contre un certain Berceney de Kervin, et la justice suivait son cours normal...

Mais la jeune femme ne se détendait pas, au contraire, et tout en bavardant pour ne rien dire, Gribo glissait de temps à autre une question précise qui, il le voyait bien, augmentait la tension, l'énervement de son interlocutrice... Au fromage, brusquement, elle craqua.

– J'ai compris ce que vous voulez me faire dire, murmura-t-elle d'une voix blanche. J'ai menti. Il ne s'est pas vraiment présenté comme inspecteur, mais je l'ai cru. J'étais prise sur le fait, coincée... J'ai un mari, un job... C'est moi qui lui ai fait comprendre que, s'il ne disait rien, je... je pourrais... je ne voyais pas d'autre solution. Mettez-vous à ma place...

Les larmes qui perlaient à ses yeux la rendaient touchante, mais Gribo ne put s'empêcher de rire.

– Ma proposition aurait sans doute eu moins de succès que la vôtre... En somme... Il ne vous a pas brutalisée?

– Non, avoua-t-elle. Il a été...

Elle s'interrompit, le fixa, presque agressive.

– C'est un amant merveilleux, dit-elle, puisque vous voulez tout savoir... L'amant dont on rêve! Et j'ai peut-être rêvé... C'est pour cela que, lorsque j'ai compris qu'il s'était moqué de moi, je suis devenue comme folle...

Gribovitch hocha la tête.

– Il ne vous a pas proposé de... « travailler » pour lui?

Elle hésita.

– Pas vraiment. Il m'a dit que c'était stupide de voler... Que je me ferais prendre. Je pouvais gagner de l'argent autrement discrètement. Dans une maison de rendez-vous. Une sorte de service qu'il voulait me rendre. Une amie à lui... Liouba... Sonia... Un nom russe... C'est là que je l'ai giflé. Il m'a laissé partir.

Un sourire fragile accroché au coin des lèvres, Gribovitch regardait son assiette. Mieux que tout le monde, il connaissait les cinq ou six « Madames » qui, à Paris, drainaient la clientèle de la call-girl « de classe ». Anciennes bordelières ou demi-mondaines, leurs relations et leur « compréhension » vis-à-vis de la police leur permettaient tant bien que mal, et souvent mieux que mal, de tourner la loi de 1946 et d'éviter la répression. Derrière ses paupières demi-closes, il voyait un large boulevard tranquille dans un quartier un peu excentrique... Une plaque de marbre noir sur la porte de chêne: « Résidence Goncourt. Appartements meublés. Grand confort ».

– Liouba... Sonia... répéta-t-il doucement. Un nom russe. Dounia, peut-être?

Agnès releva les yeux. Ses traits étaient redevenus plus calmes.

– Dounia, dit-elle. Oui, c'est cela. Dounia...

***

Vêtue d'un balconnet, d'un porte-jarretelles et de bas fumés à baguettes, Corinne roucoulait dans les bras de Kervin.

– Avec une fille, je ne l'avais jamais vraiment fait... Des baisers par-ci, par-là, quelques caresses... un doigt bien placé... une petite secousse. Rien de bien méchant... Pas tellement palpitant non plus... J'ai couché aussi avec deux messieurs. Là, c'est déjà autre chose... Mais pas une fille et un homme...

Elle s'interrompit. Dans le silence de la chambre, les ongles de Kervin, courant sur les mailles du bas, faisaient un bruit crispant.

– Et tu as aimé?

– Plus que ça!

Elle retint la main qui, au-dessus du renfort du bas, escaladait la chair nue.

– Laisse-moi te dire, souffla-t-elle d'une voix pâmée. Ouvrir le sexe d'une fille pour que l'homme puisse mieux la prendre... Voir la verge écarter les lèvres, s'enfoncer avec un bruit... un bruit glissant, liquide... aller et venir, toute luisante... Maintenir la compagne qui, à chaque fois, sursaute et se plaint parce que l'homme est très gros et elle trop étroite... Placer la main entre deux corps... Caresser l'un et l'autre et en même temps, te caresser, toi... Je croyais que cela dépassait tout... Non... Il y a mieux... Une langue de fille sur ton ventre... Une langue trop douce qui t'agresse, qui écrase ton clitoris, qui le suce tellement que tu ne crois plus exister que là et en même temps avoir une verge dans la bouche...

Ne plus savoir où tu es et te faire prendre alors que tu crois mourir...

Elle haletait et Kervin eut un petit rire.

– Si je comprends bien, dit-il, te voilà convertie au pluralisme!

– Tais-toi... Ne me touche pas... Baise-moi! Baise-moi maintenant. Tu vois bien que je vais jouir!

En la questionnant sur ses débuts de courtisane, Kervin avait fait découvrir à Corinne une nouvelle manière d'épicer les choses de l'amour.

Le récit de ses premières rencontres tarifées, qu'elle s'était assez facilement laissé arracher, lui avait fait prendre conscience de l'extravagant pouvoir érotique de la confession.

Assez longue à émouvoir d'ordinaire, ses propres confidences l'avaient amenée à un tel état d'excitation qu'à peine possédée par son amant, elle avait été emportée par un tourbillon de sensations déchirantes, faites de plaisir pervers et de honte.

Elle avait crié qu'elle était une putain et qu'elle aimait ça et avait eu un orgasme plus vite et plus violent qu'elle l'avait cru possible.

Aussi, dès sa seconde visite chez « Madame », respectant d'instinct le rituel instauré le premier jour, elle s'était dévêtue sur le seuil de la chambre où Kervin examinait les nouvelles cartes de visite que l'on venait de lui livrer : « Lieven de Nuitens... Estampes et dessins anciens. Rue de l'Eau. Luxembourg », commençant à détailler son après-midi scabreux.

– Aujourd'hui, il y avait un Allemand... Un grand beau type. Il avait vu mes photos... Mais Madame Dounia m'a prévenue... Il voulait être traité par deux amies qui baiseraient entre elles, mais j'étais libre de refuser si cela ne me plaisait pas... Mais j'y perdrais gros...

– Tu as accepté?

Elle vint le rejoindre sur le lit, tandis qu'il rangeait précipitamment ses cartes de visite.

– Bien sûr... La curiosité... Et puis je fais ça pour gagner de l'argent, non? Mais j'ai quand même demandé à connaître ma future « amie », avant... Madame a dit que c'était bien normal mais que je ne sois pas surprise... Notre hôte adorait les contrastes...

Elle poursuivait, tandis que les doigts de Kervin dansaient savamment sur le renflement de son ventre.

– J'ai compris ce que Dounia voulait dire. Elle m'a amené une Asiatique, terriblement jeune, presque une gamine... Avec un casque de cheveux lisses et des yeux innocents. On l'appelle Lianne.

Kervin avait brusquement interrompu sa caresse.

– Une gamine? Chez Dounia?

– Oui. Pas dix-sept ans... Madame m'a recommandé la discrétion. Maintenant, beaucoup de ses hôtes réclament des mineures et elle ne peut pas les décevoir, malgré les risques. La concurrence... Lianne est une réfugiée et j'ai cru comprendre qu'elle loge à l'appartement, pour plus de sûreté.

Elle soupira.

– Continue avec ta main, s'il te plaît... D'abord, l'hôte a voulu nous voir. Il nous a fait mettre l'une sur l'autre, tête-bêche. Ce n'était pas très facile parce que Lianne est petite... Elle sentait bon.

Kervin, deux doigts enfoncés dans son sexe ruisselant, simulait machinalement les mouvements du coït. Il ne l'écoutait plus. Ce qu'elle venait de lui apprendre au sujet de Dounia l'avait suffisamment frappé pour le faire réfléchir. Bien entendu, le renseignement ne pouvait intéresser un Berceney... Un Berceney ne mangeait pas le pain douteux du chantage... Mais il se demandait si Lieven de Nuitens, moins rigide sur les principes, aurait les mêmes scrupules.

*
**

Répandue dans l'une des bergères de son petit salon, Dounia jouait négligemment avec la chaîne d'or de son face-à-main et cherchait à dissimuler sa fébrilité.

– Commissaire! Mais cela fait des ans que nous nous sommes vus!

– Exactement treize mois, Dounia, rectifia Pierre Griffon.

Lorsqu'on lui avait annoncé le commissaire, Dounia avait failli faire répondre par la soubrette réunionaise qu'elle était absente, mais avec le « papa Griffon », elle le savait, ce genre de dérobade n'arrangeait jamais les choses, au contraire. De toute façon, la visite du lardu ne pouvait avoir que deux mobiles : la coincer à cause de la petite réfugiée viet, ou lui demander un tuyau. Encore dans l'expectative, elle forçait sur le sourire et l'accent.

– Très longs pour moi, Commissaire.. J'ai toujours la joie à bavarder avec vous. Prendrez bien une coupe avec la vieille Dounia... Tant plaisir cela me ferait!

Griffon coupa d'un geste.

– Arrête ton cinéma, veux-tu. Je n'ai pas de temps à perdre. Tu connais le dénommé Kervin.

Le ton était davantage celui de l'affirmation que de l'interrogation, et Dounia ne s'y trompa pas... Ainsi, le lardu était venu à la pêche. Son sourire se fit moins crispé et tout de suite elle envisagea de tirer parti de cette situation.

– Kervin? Oui, peut-être... Si vous le dites. Tant de monde je connais, Commissaire. Mais la mémoire je perds un peu. L'âge... les soucis... Difficile l'hôtel maintenant... Le fisc qui pompe ma moelle... La clientèle, qui sait plus apprécier les jolies manières. Exigeante, elle devient. Toujours plus de confort, toujours plus de service. Toujours la nouveauté... Et puis vous autres. Toujours l'œil sur la vieille Dounia... Jamais regarder ailleurs...

Bien qu'il ait eu, en son temps, des faiblesses pour la fameuse « Comtesse » (1), l'une des plus célèbres « Madames » ayant régné sur la galanterie parisienne, qu'un infarctus avait dernièrement arrachée à l'affection des siens ainsi qu'à sa fidèle clientèle, le commissaire supportait de plus en plus mal les maquerelles de tout poil, et surtout leur fausse distinction, leur afféterie, leurs comédies, leurs jérémiades et leurs marchandages.

De plus, contrairement à ce qu'il avait énoncé devant le divisionnaire, son instinct aiguisé de chasseur lui soufflait que la rapidité, désormais, était de plus en plus primordiale. Caurvin-Kervin était mythomane, mais même un mytho pouvait dire la vérité... Il décida de tout jouer là-dessus.

– Ne t'imagine pas que je sois venu par hasard, dit-il. Kervin, non seulement tu le connais mais encore il te sert de rabatteur.

Devant les yeux glacés qui la fixaient, Dounia n'arrivait pas à retrouver son souffle et, sous la soie de son corsage, sa poitrine flasque palpitait. Avant qu'elle eût ouvert la bouche pour répondre, Pierre Griffon reprenait :

– Ne cherche pas à me raconter des histoires.

Il se leva pesamment et se planta devant le guéridon sur lequel était posé l'appareil téléphonique.

(1) Voir *Les anges du commissaire* – N° 15 de la collection.

– Un coup de fil au Parquet, Dounia, et la « Résidence Goncourt », c'est fini. Je ne plaisante pas... Il est question d'homicide...

La vieille femme gémit.

– Commissaire, c'est pas possible! Toute une vie de travail... Je vais vous dire. C'est vrai! Kervin m'envoie parfois des jeunes femmes, des amies un peu gênées... Mais je ne vous ai pas menti... Je ne sais jamais quand il vient et je ne sais pas non plus où le trouver.

Griffon, sans même remarquer qu'elle avait perdu son accent et corrigé sa syntaxe, regarda la tenancière et tendit la main vers le combiné.

– Dommage pour toi, dit-il.

Dounia, qui, depuis trente ans, jonglait avec les autorités, connaissait parfaitement les règles et les limites du jeu. Comme elle avait abandonné sa défroque slave, elle rejeta son masque de vieille femme aux abois pour redevenir ce qu'elle était vraiment : un chef d'entreprise pragmatique et froid.

– Ne nous conduisons pas comme des enfants, Commissaire, dit-elle. Vous recherchez un renseignement et j'aurais besoin d'un petit passe-droit... Pourquoi ne pas nous entendre?

Pierre Griffon ne cilla pas. La vieille maquerelle était dure, retorse et possédait, dans le monde politique, des relations puissantes. Il pouvait faire fermer la « Résidence Goncourt » mais d'autres intercéderaient pour qu'elle fût réouverte... D'autre part, son comportement lui disait assez qu'elle possédait, dans sa vaste manche, un atout maître.

Il enrageait. Une fois de plus il se trouvait confronté à l'épineux problème de l'indic' : la semi-complicité, un brin avilissante, mais sans laquelle le travail de la police était parfois impossible. S'il refusait le marché, la vieille maquerelle se fermerait comme une huître et il la connaissait assez pour savoir qu'il n'en tirerait plus rien. Il capitula, la mort dans l'âme, cherchant malgré tout à sauver la face.

– Tu me racontes d'abord ton histoire, dit-il. Après nous verrons. Je ne te promets rien...

Elle lui adressa un clin d'œil ignoble, puis minauda, jouant avec son face-à-main.

– Oh, Commissaire, tout le monde sait que vous êtes un homme d'honneur... en qui l'on peut avoir confiance... Et c'est pour cela que je puis vous dire mes secrets. Vous avez de la chance... Kervin m'a envoyé une fille, ces derniers temps. Et il n'est pas encore passé toucher son bouquet... Je l'attends un jour ou l'autre.

Pierre Griffon retint un soupir. Pour humiliante qu'elle fût, cette démarche n'avait pas été inutile. Cette fois il ne se contentait plus de suivre le gibier, il connaissait le point de son prochain passage... La chance changeait de camp.

La vieille maquerelle accentuait son sourire.

– Vous n'aurez qu'à surveiller la maison. Vous le coincerez lorsqu'il arrivera. Mais avec discrétion, hein! Je ne tiens pas à me faire chanter la java des balançoires, à mon âge... Et maintenant, Commissaire, nous pourrions parler de mon petit problème... Une bricole... J'ai recueilli une jeune Asiatique... Un peu clandestine... J'aimerais qu'on puisse régulariser sa situation... Surtout question d'âge...

*
**

Kervin se mit au lit avec le sentiment très net d'avoir soudain épuisé les délices de l'oisiveté, du confort et de l'érotisme en vase clos.

Ce soir, pour la première fois depuis son installation dans l'appartement du boulevard Gouvion

Saint-Cyr, il avait voulu sortir et avait entraîné Corinne à *L'Aventure*, où il était presque certain d'éviter les mauvaises rencontres.

Là, il s'était offert un certain succès de scandale en exhibant sa compagne dans un pantalon de zouave en crépon blanc, presque totalement transparent, et un gilet à brandebourgs qui ne lui cachait pas le nombril et, à chaque mouvement, s'ouvrait sur ses seins nus.

Mais il n'avait pas tiré de sa soirée le plaisir attendu. Le retour vers une intimité trop familière lui avait semblé pesant et la perspective d'une étreinte quasi-conjugale si contraignante qu'il en avait été écœuré. Il s'en était d'ailleurs affranchi, prétextant une fatigue qu'il n'éprouvait pas. A cela, il avait compris que l'épisode Corinne était terminé et qu'il devait, tel Siegfried, repartir vers de nouveaux combats...

CHAPITRE X

Autour de la « Résidence Goncourt », un dispositif d'urgence avait été rapidement mis en place.

Deux voitures-radios banalisées, huit inspecteurs et un groupe de policiers en tenue, gardés en réserve afin de compléter le bouclage, le moment venu, le tout dirigé par le commissaire Roche, dit Bobois, adjoint au patron de la Criminelle.

La décision avait été prise au cours d'une brève mais houleuse réunion qui s'était tenue dans le vaste bureau du divisionnaire Lubret.

Tout le monde était d'accord. Cette fois, il fallait que ce fût la dernière manche.

En revanche, vis-à-vis des moyens à employer, les avis divergeaient.

Pour le commissaire Griffon, fort de la coopération de Dounia – qu'il estimait d'ailleurs avoir « payée » plus que son prix – la solution s'imposait d'elle-même : attendre Caurvin-Kervin dans l'appartement même de la vieille maquerelle.

– L'immeuble a au moins deux issues, avait-il expliqué, et le quartier est une véritable termitière... Cours, passages, ateliers, jardinets... Pour tout surveiller, il faudrait au moins quatre équipes, et encore... Risqué, parce que Caurvin est armé et j'aimerais éviter la fusillade... D'autre part, il semble avoir un flair de renard. Il doit renifler un flic à cent mètres.

– Planquer chez Dounia! rétorquait le divisionnaire Lubret. Inefficace et dangereux! Si elle ferme sa taule, Caurvin se méfiera. Si elle demeure ouverte, il risque d'y avoir des filles et des clients! Vous les connaissez, les clients de Dounia! Pas tellement faciles à manœuvrer! Et, en cas de fusillade, une balle perdue dans un bide d'administrateur de société, de député ou d'attaché d'ambassade, ça met un point final à une carrière... Non! Il faut « sauter » ce zèbre à son arrivée.

Furieux mais impuissant devant le poids de la hiérarchie, le commissaire Griffon avait dû s'incliner.

– Nous avons fait le gros du travail, avait-il annoncé à son « petit commando », et on nous met sur la touche pour l'hallali! Lubret m'a même envoyé dans les gencives que nous recherchions la pub' et la gloriole et j'ai dû fermer ma... oui... Mais j'ai une commission du Parquet, moi aussi, et on ne m'empêchera pas de pointer mon vilain nez sur place!

– Alors, on planque quand même chez la vieille? avait demandé Lionel.

Pierre Griffon avait hésité puis s'était mordu les lèvres.

– Non... Ça, je ne peux pas m'y risquer... On prend une 504 à la Brigade et on va draguer le coin... Sophie, tu restes là. Tu feras la liaison avec l'état-major... Tu décompteras tes heures supplémentaires!

Avant de quitter le bureau, Alex Gribovitch, qui semblait toujours un peu en dehors, s'était retourné vers la jeune femme.

– J'attends une communication du Sommier,

cocotte. Si elle arrive, tu me la passes d'urgence... Où que nous soyons...

*
**

Kervin sortit du métro Goncourt en même temps qu'un groupe de petits loubards descendus des Lilas qui, dans la voiture, l'avaient lorgné méchamment, peut-être à cause de son blouson fourré de chez McDouglas. Ils s'en étaient tenus là, d'ailleurs, arrêtés par on ne savait quelle lueur dans le regard dont lui-même n'avait pas conscience.

Sans hâte, il s'engagea dans le vieux faubourg, jouissant avec une amère délectation de l'humidité froide du soir et du contact presque charnel de la rue morne, des façades tristes qu'un regret lui faisait trouver attachantes.

C'était la dernière course de Berceney... Tout à l'heure, profitant d'une absence de Corinne, il avait quitté l'appartement trop douillet, porté sa valise à la consigne de la gare du Nord, pris son billet pour Mons et il avait peine à la pensée d'abandonner une peau qui lui seyait si bien.

Pourtant, insensiblement, Lieven de Nuitens prenait possession de chacune des fibres de son être et il ne savait encore si cette mutation devait le chagriner ou l'exalter.

Cette sensation de non-existence qui faisait battre plus sauvagement la vie à ses tempes, cette ville complice et hostile qu'il sentait respirer à l'amorce de la nuit, le sentiment confus d'un adversaire embusqué s'avançant vers lui, caché par un brouillard, aiguisaient ses nerfs et il avait l'impression d'être aigu et tranchant comme une lame.

Attentif et indifférent à tout ce qui l'entourait, il dépassa le passage, bordé de maisons basses, par lequel, d'ordinaire, il gagnait l'entrée cachée de la

« Résidence Goncourt », parcourut encore une bonne centaine de mètres et s'engouffra sous une étroite arcade, à peine visible entre les immeubles lépreux... Un cheminement ancien du Vieux Paris de « l'Agence Royaliste » et des « Carbonari » que, depuis la disparition de Jacques Yonnet, il était peut-être le seul à connaître.

⁂

Lorsque, après le discret coup de sonnette à la porte de service et le rapide regard à travers le judas optique, la petite soubrette réunionaise vint avertir « Madame » que « C'était Monsieur Kervin », la vieille Dounia eut l'impression que tout son sang refluait dans ses veines.

Pour un peu de sécurité, encore aléatoire, elle avait transgressé la loi du silence et fait sottement confiance à ceux dont tout son passé lui dictait de se méfier... Les flics lui avaient assuré : « N'ayez aucune crainte... L'immeuble est cerné... On le piquera à la surprenette ». Et maintenant...

D'un doigt que l'angoisse faisait trembler, elle composa le numéro qu'on lui avait donné.

– Allô. C'est Dounia... Vous l'avez laissé passer! Il est là... Derrière, sur le palier.

– Faites-le entrer et retenez-le...

Elle cria presque.

– Non! Vous ne le connaissez pas! Il est capable de deviner! Et s'il devine, il me tuera!

Il y eut un bref instant de silence, puis la voix anonyme résonna de nouveau.

– Bon... Ne faites rien. On arrive.

⁂

Sur le palier en demi-rotonde, curieusement

découpé par l'angle en redan d'un mur plus ancien dont on apercevait sous l'enduit le lourd appareillage de pierres, Kervin, derrière la porte encore fermée, attendait sans réelle impatience.

Par l'interphone, la soubrette venait de chuchoter.

– Un moment, m'sieur Kervin... Madame reçoit.

Dounia, parfois, « traitait » une personnalité plus importante que sa clientèle habituelle et qui ne tenait pas que d'inopportuns va-et-vient puissent risquer de troubler la tranquillité de ses ébats... Il le comprenait. Chaque profession avait sa grandeur et ses servitudes.

Il s'écarta de quelques pas et alla s'adosser contre la rampe, les deux coudes appuyés sur le bois poli. Le temps passait dans un silence plein de ces bruits immuables propres aux antiques demeures et comme étrangers à leurs occupants.

Peu à peu, le visage de Kervin se durcissait, perdant son apparente candeur et son sourire juvénile.

A présent, Dounia avait eu tout loisir pour prendre ses dispositions afin de le faire discrètement entrer et pourtant la porte demeurait obstinément close.

Se pouvait-il qu'elle eût conçu l'extravagant projet de ne pas le recevoir et de le voler de la commission promise? C'eut bien été la première fois, et Kervin ne pouvait vraiment y croire. Un contre-temps alors, qu'un Berceney se devait de prendre avec philosophie? Mais il n'était déjà plus tout à fait un Berceney. Non... Il y avait autre chose.

La bousculade inconsciente de ses personnalités imaginaires éveillait en lui les échos qui résonnent dans les cathédrales vides. La poussée de ses rêves ouvrait des brèches et brisait les miroirs.

Quand il ressentit dans ses os l'imperceptible vibration de la rampe de bois contre laquelle son dos s'appuyait, il sut...

Il prit quand même le temps de jeter un regard dans la cage de l'escalier. Deux étages plus bas, trois hommes grimpaient les marches hautes, rapidement, mais sans bruit. L'un portait une parka, les autres des blousons de toile. Ils avaient si souvent hanté les songes de Jean-Pierre Caurvin que Kervin les reconnut au premier coup d'œil.

⁂

Dans la 504 banalisée garée à l'angle du Quai et du Faubourg, et où il suivait le trafic-radio, le commissaire entendit la voix un peu affolée de son collègue Roche, dit Bobois, signalant que Jean-Pierre Caurvin avait, on ne savait comment, trompé la surveillance des guetteurs et ordonnant l'alerte générale. Il jura :

– Bon Dieu! J'en étais sûr! On ne peut couvrir ce coin sans étudier le cadastre et encore! Parti comme cela, ce funambule est foutu de leur faire la nique! Si je n'avais pas les lèvres gercées, ça me ferait plutôt rire! Gribo, reste ici et garde l'écoute! Lionel, file dans le petit passage, tu sais, qui ouvre à la hauteur du numéro 22... Moi, je fais le tour par le boulevard...

⁂

Une sommation brève se répercuta entre les cloisons nues, mais Kervin ne l'entendit qu'à peine.

Comme souvent, son « moi » se dédoublait et tandis que son corps reculait vers l'ancienne muraille de pierre, son esprit engendrait des souvenirs chimériques.

Les récits de son cousin, Eldrick de Nuitens, le mouton noir de la famille, un peu aventurier, un peu pirate... Il s'était fait coincer, à Cholèn, dans une fumerie, par les tueurs d'un gang de l'opium...

On avait dû l'apercevoir... Une courte rafale d'arme automatique déchiqueta le silence, éclatant sous son crâne comme un feu de bengale.

Comme Eldrick, il avait besoin, pour s'échapper, de quelques secondes de répit. Il abaissa le cran de sûreté de son vieil automatique, s'accroupit, tira en direction du palier inférieur. Une fois, deux fois, trois fois... Heureux de sentir l'arme tressauter dans sa main comme une chose vivante.

Il perçut une exclamation, puis des pas précipités qui dévalaient les marches. Il se mit à rire... Les bandits chinois détalaient... Non, les flics, prudents, allaient chercher du renfort...

Collé à l'ancien mur, il descendit quelques marches. Aux deux tiers de l'étage, une porte basse, presque invisible sous les couches successives de peinture, s'ouvrait dans la muraille. Il la poussa, se glissant dans ce qui ne semblait être qu'un réduit, un placard.

Les battements de son cœur restaient réguliers, mais la sueur perlait à son front. Son bras gauche était lourd... Dans le noir, il le tâta du bout des doigts. La manche de son blouson de chez McDouglas était déchirée, un peu en dessous de l'épaule, et s'imbibait d'un liquide tiède, gluant...

Tout à l'heure, sans qu'il s'en fût rendu compte, une balle avait dû l'atteindre, l'effleurer plutôt. Cela ne faisait pas mal mais semblait beaucoup saigner... Il prit quelques kleenex dans sa poche et les plaqua sur la plaie... Son cousin Eldrick, aussi, à Cholèn, avait récupéré une estafilade.

A angle droit du réduit débouchait un boyau étroit. La façon dont il l'avait découvert l'amusait toujours. Une féroce envie de pisser, un soir qu'il sortait de chez Dounia, l'avait fait chercher un recoin propice et il avait ouvert cette petite porte... La vie et la mort n'étaient faites que d'impondérables.

Il s'engagea dans le couloir, tâtant le mur, rencontrant de distance en distance une moulure sculptée, vestige d'une porte depuis longtemps murée... Un ancien corridor, sans doute, interrompu par des démolitions mais dont il demeurait quelques dizaines de mètres... Il se terminait brusquement, fermé par un vantail épais.

A sa première exploration, il était fermé de l'intérieur par un cadenas vétuste dont il avait réussi à arracher le moraillon. A présent, il n'était plus maintenu que par une simple clenche. Il eut quand même quelque mal à l'ouvrir, un récent badigeon ayant collé les gonds.

Il déboucha dans une sorte d'entresol parqueté où s'entassaient des piles de cartonnages marqués au nom d'une entreprise de tricot. A l'autre extrémité, deux volées de marches.

Il avait précédemment usé de cet escalier desservant l'arrière d'un immeuble donnant sur le Faubourg. Les rumeurs qui lui parvenaient du rez-de-chaussée – voix, cavalcades, portes ouvertes et refermées, la police devant commencer à visiter les appartements – le dissuadèrent d'utiliser cette voie.

Le danger était là. Il le sentait, presque palpable, à l'impression de raideur dans la nuque, à la respiration bloquée dans la poitrine.

Il songeait à ces fosses cachées par un paillis dans lesquelles s'enfoncent les tigres des jungles... Il était tigre et devait sortir du piège...

Les pieds posés bien à plat, le long du mur, pour éviter de faire grincer les marches, il descendit jusqu'au palier de l'étage inférieur... le brouhaha devenait plus fort. Il percevait des injonctions pressantes.

– Ouvrez, messieurs-dames, s'il vous plaît... Police... Il n'y a aucun danger...

Kervin reprit son souffle... Sortir du piège...

Les voix montaient.

– Vous n'avez vu personne? Un jeune homme... Dans les vingt-cinq ans...

Kervin haussa les épaules... Un jeune homme... Non... Un tigre.

La minuterie s'éteignit puis la lumière revint, mais entre-temps Kervin avait aperçu une lueur vague... Le vitrage d'une porte, à l'angle du palier, qu'il n'avait pas remarquée.

Il s'y hasarda. Elle donnait sur une sorte de coursive extérieure, terminée par un escalier métallique aboutissant dans une cour. Il distinguait des caisses, des pièces de fer, des machines rouillées... Il se reconnaissait. Une petite usine d'emboutissage... Mais cela ne l'avançait guère. L'usine donnait dans le passage qui devait grouiller de flics... Pourtant, il ne pouvait plus reculer. La mortelle réalité collait à ses trousses.

Il dévala les marches, avec la sensation de gagner un îlot de silence et de calme. Un répit volé à l'agitation, aux hurlements de la curée...

Mais ce n'était que l'illusion d'un répit. Pour regagner le Faubourg, il fallait quitter l'usine, passer dans la maison voisine. De là, une succession de courettes et de jardinets clos par des murs bas permettaient de rejoindre la galerie couverte, plus bas dans la rue... Sortir du piège...

Il marcha droit devant lui. Dans un angle, du

linge séchait sur une corde et une silhouette immobile paraissait l'attendre.

Il se figea puis se mit à rire... Juste une longue capote sombre, suspendue là... Une capote sombre comme en portent les infirmiers ou les taulards, l'hiver, pour la promenade.

L'idée salvatrice fulgura sous son crâne. De nouveau, il s'esclaffa... Rouge ou noir... Passe ou manque... L'ultime pied-de-nez des Berceney...

Il décrocha le vêtement et l'enfila, puis s'empara également de quelques mouchoirs humides qu'il tassa dans sa manche, sur sa blessure qui saignait toujours. Après une seconde de réflexion, il en garda un, dont il enveloppa son automatique.

Il attendit quelques instants. Pair ou impair... la boule tournait.

Résolu, il traversa la cour et entrouvrit la petite porte ménagée dans le large portail.

Dans le passage, la ruelle plutôt, bordé d'immeubles bas, d'ateliers, de petits magasins et que deux réverbères vétustes éclairaient tant bien que mal, un flicard en uniforme faisait les cent pas. Plus loin, une voiture sombre barrait la chaussée pavée.

Kervin attendit que le gardien ait tourné le dos, poussa silencieusement le battant et se précipita.

– Monsieur l'agent! Je viens de trouver ça! Par terre! C'est une arme... Il y a peut-être des empreintes.

Surpris, le gardien se retourna d'un bloc, le regarda... Un homme jeune, dans une sorte de robe de chambre...

D'autorité, Kervin lui mit l'automatique dans la main, enchaîna :

– J'habite ici. J'ai entendu du bruit... Je suis sorti... Il y avait ce pistolet devant ma porte. Je me tiens à votre disposition... Lieven de Nuitens, artiste-peintre... Je vais passer un vêtement. Il fait plutôt frisquet, ce soir. Prévenez vos collègues...

Sans attendre de réponse, Kervin lui tourna le dos et s'engouffra dans le corridor de l'immeuble voisin de l'usine... Derrière lui, le gardien criait :

– Hé! Vous! Une seconde...

Venu en renfort du commissariat voisin et ne comprenant pas grand-chose à ce qui se passait, le gardien hésita... Rester à son poste ou poursuivre le quidam... Il haussa les épaules et porta son talkie-walkie à ses lèvres.

Venant de l'entrée du passage, Lionel Savary arrivait en courant, ayant passé à la manche de son blouson un brassard marqué « Police ».

– J'ai le pistolet, lui lança le gardien. Un type vient de le trouver par terre. Il est rentré chez lui...

– Un type! dit Lionel essoufflé. Quel type?

– Un jeune... En robe de chambre... Il habite là. Il m'a donné son nom... Un truc à rallonge... Lucien de Ruyter... Quelque chose comme ça!

– Merde! jura Lionel. Appelez du monde!

Laissant le gardien ahuri, il se rua dans la maison que l'autre lui avait montrée.

A l'angle du couloir, il buta contre un vêtement jeté à terre. Une longue capote bleu sombre dont la manche était gluante de sang... De nouveau il jura. Un groupe d'inspecteurs, l'arme au poing, envahissait le corridor. Sur le pas de leur porte, des locataires effarés criaient.

– Il est passé par là. On l'a vu... Dans la cave. Vers les étages...

Les policiers s'éparpillèrent, mais un quart d'heure plus tard, ils devaient se rendre à l'évidence. L'homme qu'ils recherchaient s'était volatilisé comme le lapin dans le chapeau d'un mage...

*
**

Recroquevillé sur le lit étroit d'où montait un relent de parfum bon marché, Kervin sentait, dans ses cheveux gras de sueur, la caresse des doigts d'Alix, douce comme un baume.

Il tremblait de fièvre et son bras le lançait comme trois cent mille diables, mais un léger sourire flottait sur son visage apaisé.

– Plus malin que les flics, ma chérie... Ils grouillent dans le coin comme des cafards... Mais moi, je suis ici... Ici...

Pâle et sérieuse, la jeune fille le regardait avec des yeux de brume, que la lumière immobile de la lampe ne rassurait pas.

– Les flics, murmura-t-elle. Ils me connaissent aussi... Ils vont me retrouver. Ils vont venir te prendre... Tu ne peux pas rester, Jean-Pierre.

Le visage de Kervin se ternit.

– Ne m'appelle pas Jean-Pierre... Je suis Kervin de... Non, plus maintenant... Lieven de Nuitens et les flics, je les emmerde... Je partirai demain matin.

*
**

Lorsqu'il avait frappé à la porte de sa chambre, selon le code en usage entre eux, Alix lui avait tout de suite ouvert, retenant d'une main un peignoir déchiré qui bâillait sur ses cuisses maigres. Aussitôt, Kervin, dans son visage crayeux, avait remarqué ses yeux, brillants et immenses.

Doucement, il l'avait grondée.

– Tu en as encore pris, hein... Je t'avais pourtant dit...

Lasse, elle avait haussé les épaules.

– Juste un trait de coke... Pour supporter ça...

D'un geste trop large, elle englobait la pièce étroite, le papier peint, d'une tristesse à pleurer, le lit avachi, le miroir terni, le paravent replié près du bidet douteux.

– Ça... Et puis moi...

Il avait chancelé et elle avait alors remarqué les gouttes de sueur sur son visage, le blouson déchiré à l'épaule, le bouchon de kleenex sanglant.

Sur ses traits, l'angoisse s'était plaquée comme un masque.

– Mon Dieu! Tu es blessé!

– Ce n'est rien... Juste une égratignure. Mais les flics sont après moi!

Alix n'avait pas posé de question... Son demi-frère menait sa vie d'homme. Elle s'était contentée de le soutenir, l'aider à retirer son blouson souillé de sang, sa chemise, lavant sa plaie, peu profonde, mais qui prenait déjà un vilain aspect noirâtre, appliquant un pansement.

Il l'avait remerciée puis, tout aussitôt, avait demandé d'une voix qu'elle ne lui connaissait pas :

– Tu as encore le pétard de Patrick... Donne-le moi... J'ai offert le mien à un flic...

La réminiscence le fit rire. Alix n'hésita pas. Patrick, son ami, était encore à Fresnes pour un bout de temps... Elle alla déplacer la commode, revint, déballant l'arme d'un paquet de chiffons.

Kervin prit le pistolet. Il était lourd et neuf. Un automatique allemand d'un plus gros calibre que le sien. Le chargeur était enclenché dans la crosse. Il tira de sa poche des billets froissés qu'il posa sur la table de nuit à côté du pistolet.

– Tu donneras ça à Patrick... Tu lui diras que j'en ai eu besoin...

Un étourdissement le prit, qui le fit s'appuyer au mur. Alix le retint, le guida vers le lit.

– Allonge-toi, avait-elle dit. Moi, je dormirai par terre.

Encore une fois il avait ri.

– Tu es folle ou quoi? Entre nous... Viens.

Elle lui avait obéi, lui tournant le dos pour laisser tomber son peignoir et se glisser près de lui.

A présent, la lampe éteinte et dans le seul reflet des lumières de la rue filtrant à travers les rideaux trop minces, il la regardait et sous lui, le lit semblait tanguer légèrement, comme un bateau ivre du souffle de l'alizé. Alix... Sa presque sœur... Elle ne bougeait pas, la tête aux creux de l'oreiller, les paupières mi-closes, les lèvres gonflées d'une moue de petite fille. Une tendresse l'envahissait, douce et âpre comme il n'en avait jamais connue.

– Tu es belle, dit-il.

Sans brusquerie, il repoussa la couverture, découvrant sa poitrine osseuse, ses seins à peine marqués, aux aréoles rose pâle.

Elle sursauta, cherchant à retenir le drap.

– Fais pas le con! J'ai froid.

Il continuait à lui sourire, murmura :

– Je vais te réchauffer...

Doucement il effleurait de la paume les pointes longues de ses seins, qui durcissaient.

Elle lui saisit le poignet, mais son regard exténué de droguée flottait dans un lointain vague.

– Arrête, murmura-t-elle d'une voix de somnambule. Ne fais pas ça.

Il répéta :

– Tu es belle. Jamais je ne t'ai vue aussi belle.

Elle se raidissait encore quoique goûtant, par degrés, les délices de l'abandon, emportée par une langueur diffuse, une émotion imprécise qui lui chauffait les reins.

A son oreille, Kervin murmurait :

– Il n'y a pas de morale... Il n'y a pas de Dieu... Il n'y a rien...

Alix sentait la tiédeur de son corps, percevait les battements de son cœur. Il avait raison. Ils étaient abandonnés. Ils étaient seuls. Pour eux, le monde des autres n'existait pas... N'avait jamais existé... Pour eux, il n'y avait ni passé, ni avenir... Surtout pas d'avenir... Le néant.

Kervin posa ses lèvres sur les siennes. Sa bouche était froide mais docile. Lorsqu'il la prit dans ses bras, elle comprit qu'elle avait sans doute toujours attendu ce moment. Et quand son genou disjoignit ses jambes, elle le laissa faire.

⁂

Lionel Savary retrouva le commissaire Griffon près de la camionnette banalisée de la Criminelle, au milieu d'un enchevêtrement de voitures entre lesquelles grouillaient des inspecteurs à brassard... Plus loin, des gardiens en uniforme faisaient reculer les badauds.

– Rentrez chez vous... Il n'y a rien à voir.

Les phares tournants, qui zébraient la nuit, accentuaient, sur le visage du commissaire, les stigmates de la lassitude.

– Il a encore filé, murmura Lionel, accablé. J'ai failli l'avoir, mais... Je ne comprends pas. C'est... C'est...

Les mots lui manquaient et il se tut, laissant pendre ses bras le long de son corps.

– Je sais, dit Pierre Griffon. Si seulement on m'avait laissé faire... Maintenant, il faut tout recommencer...

Malgré la dureté de l'échec, il demeurait impavide et Lionel, à part lui, l'admira. Ce diable d'homme ne se décourageait jamais.

Sans plus parler, ils revinrent à pas lents vers le Faubourg et leur propre voiture. Appuyé au capot, Alex Gribovitch les attendait, maigre silhouette pitoyable dans son vieil imper chiffonné.

– Kervin a encore gagné un set, annonça le commissaire Griffon d'un ton impersonnel. Il s'est évanoui dans la nature, malgré le fameux bouclage de nos bons collègues de la Crim'... Dieu sait où.

Alex Gribovitch le regarda, un sourire crispant au coin des lèvres.

– Dieu n'est pas le seul, Patron, dit-il.

Le visage du commissaire changea.

– Tu ne vas pas me dire...

– Si, enchaîna suavement Gribovitch. Pendant que vous couriez après les fantômes, Sophie m'a fait parvenir le renseignement que j'espérais : l'adresse actuelle d'Alix Percenaz, la demi-sœur de Caurvin... Et comme elle loge à deux pas d'ici...

Silencieusement, la 504 se gara vers le milieu de la rue d'Aix, de l'autre côté du Faubourg, entre un garage et un chantier de démolition.

En face, un hôtel sans nom présentait sa façade blême. L'enseigne lumineuse, veuve d'ampoules depuis longtemps, étirait sa carcasse rouillée. Dans les étages, les fenêtres, dont certaines occultées par des cartons, ne laissaient filtrer aucune lumière.

– Mince de palace, murmura Lionel.

Comme des ombres, les trois hommes quittèrent le véhicule et traversèrent la rue.

Sorti de son lit, le gérant, un Maghrébin bouffi et mal rasé, se frotta les yeux devant la médaille et la carte professionnelle que lui présenta le commissaire.

– Alix Percenaz... La petite pute du quatrième, oui, bien sûr que c'est ici... Elle a fait quoi ?

– Rien. Mais elle a dû avoir de la visite... Tout à l'heure... Un homme...

L'Algérien ricana, montrant des dents gâtées.

– Les hommes, elle... Mais pas ce soir... Ce soir, c'était son frangin... M'sieur Kervin... Il passe de temps en temps... Ça faisait un moment qu'on ne l'avait pas vu...

Le commissaire Griffon retint un soupir. Il avait enfin touché au but et toute la tension accumulée ces derniers jours se relâchait d'un coup. Il en ressentait une lassitude inaccoutumée que ne compensait pas l'âpre plaisir d'une réussite trop longtemps attendue.

– Toi, dit-il au gérant, tu rentres chez toi et tu ne bouges plus. Pas de téléphone. Si quelqu'un appelle ou demande une communication, tu ne réponds pas... Gribo... tu vas à la voiture et tu surveilles la fenêtre... Lionel et moi, on monte à l'étage. On peut bien attendre l'heure légale, maintenant, non!

Dans l'escalier qui sentait l'urine, Lionel, à mi-voix, demanda :

– Patron... Vous n'avez pas prévenu l'état-major?

Le commissaire le regarda. Dans ses yeux d'aigue-marine dansait la lueur glacée de la revanche.

– Tu veux rire, gamin, dit-il. Et mon bilan, tu en fais quoi?

***

A six heures précises, le commissaire Griffon, transi et les membres ankylosés par le froid de la nuit, se redressa et fit signe à Lionel Savary.

– Allons-y, dit-il.

Tandis que Lionel dégageait son .38 coincé dans sa ceinture, sur sa hanche, il s'approcha de la porte, le corps effacé, et frappa rudement contre le battant.

– Police! Nous savons que vous êtes là, Caurvin! Pensez à votre sœur! Ne faites pas l'imbécile! Ouvrez cette porte et sortez, les mains sur la tête!

L'écho de sa voix s'étouffa dans le silence. Puis, fracassants, deux coups de feu éclatèrent, si rapprochés qu'ils semblèrent n'en faire qu'un.

D'un coup de talon à la hauteur de la serrure, Lionel Savary, son Magnum à la main, fit sauter le panneau, se jeta en avant et boula dans la pièce, le commissaire sur ses talons.

Lionel se relevait déjà. D'un coup d'œil, Pierre Griffon embrassait la scène... La pièce minuscule... Un jeune homme nu effondré sur le sol, du sang au bras et à la poitrine, une main crispée au matelas... Il respirait encore, le visage ravagé par la douleur. Debout près de lui, une jeune fille exsangue, cachant son corps menu derrière une combinaison chiffonnée, lui tendait un pistolet, qu'elle tenait par le canon.

– C'est moi qui ai tiré, dit-elle d'une voix exténuée. Je suis sa sœur... Je ne voulais pas qu'il finisse ses jours à... à l'asile... Moi, je n'ai pas eu le courage.

Pierre Griffon s'empara de l'arme. Elle vacillait et il dut la retenir dans ses bras... Lionel se penchait sur le blessé.

Le regard brouillé, Kervin regardait anxieusement le visage qui s'approchait du sien. Il ne l'avait jamais vu, et pourtant ses traits lui paraissaient curieusement familiers.

– C'est drôle, murmura-t-il. Nous nous ressemblons... Je m'appelle Kervin...

Malgré lui, Lionel Savary tourna les yeux vers le miroir.

Jean-Pierre Caurvin, maniaque, mythomane et assassin, mourut deux heures plus tard sur une table d'opération de l'hôpital Saint-Louis, à quelques centaines de mètres de l'endroit où il était né.

LES FILLES INDIGNES
de
PIERRE LUCAS

Lorsque Léopold Beauquesnes se fait abattre chez lui par un tueur professionnel, il ne s'agit à première vue que de l'assassinat presque banal d'un personnage au passé légèrement trouble. Et puis on découvre qu'avant sa mort, Beauquesnes s'était livré à des activités bien étranges où le sexe avait sa part. Toute sa part. Plus que sa part. D'emblée, l'enquête laisse apparaître des éléments si bizarres, si inattendus, si contradictoires qu'ils laissent perplexes même le commissaire Griffon et son commando, pourtant spécialisés dans les affaires de mœurs les plus complexes.

Pour aboutir, Alain Savary, Sophie Leclerc et Alex Gribovitch, les assistants de Griffon, devront peu dormir, beaucoup marcher, et faire preuve de leurs talents de tireurs d'élite en se heurtant à un monde effarant de violence, de dépravation et d'amoralité machiavélique.

IMPRIMÉ EN FRANCE PAR BRODARD ET TAUPIN
58, rue Jean Bleuzen - Vanves.
Usine de La Flèche, le 12-04-1984.
6218-5 - N° d'Éditeur 4883, avril 1984.